Die drei Erzählungen aus dem Nachlass von Roberto Bolaño sind eine kleine Sensation. Ob er von Arturo Belanos Schiffsreise nach Valparaiso erzählt, ob von der idyllisch-finsteren Fahrt zweier Liebenden in einem VW-Käfer durch den Süden Chiles oder von einer Sonnenfinsternis in Guyana, die zum geheimnisvollen Vorboten einer surrealistischen Untergrundliga wird: Es sind Meisterwerke zwischen Albtraum und Euphorie, voller Abgründe und Witz – die letzte große Entdeckung aus Bolaños Werk.

Roberto Bolaño wurde 1953 in Santiago de Chile geboren, lebte in seiner Jugend lange in Mexiko-Stadt und siedelte später mit seiner Familie nach Spanien um. Dort starb er 2003, im vergeblichen Warten auf eine Lebertransplantation, als er gerade an seinem Meisterwerk »2666« arbeitete.
In der Werkausgabe von Roberto Bolaño sind im Fischer Taschenbuch zuletzt »Die Eisbahn« (2021) und die Gedichtsammlung »Die romantischten Hunde« (2023) erschienen.

Christian Hansen, 1962 in Köln geboren, lebt in Berlin und Madrid. Er übersetzt u.a. Werke von Roberto Bolaño, César Aira und Selva Almada.
Luis Ruby, geboren 1970 in München, übersetzt aus verschiedenen Sprachen u. a. Clarice Lispector, Javier Marías und Niccolò Ammaniti. Er lebt in München.
Heinrich von Berenberg, geboren 1950 in Hamburg, ist Verleger und übersetzt aus dem Spanischen, u.a. Roberto Bolaño und Javier Tomeo.

Weitere Informationen finden Sie auf www.fischerverlage.de

ROBERTO
BOLAÑO

Cowboygräber

Drei Erzählungen

Aus dem Spanischen von
Christian Hansen und Luis Ruby

Mit einem Nachwort von
Heinrich von Berenberg

FISCHER
TASCHENBUCH

Die spanische Originalausgabe erschien 2017 unter dem Titel »Sepulcros de Vaqueros« bei Alfaguara, einem Imprint von Penguin Random House, in Madrid.

Die Erzählungen »Cowboygräber« und »Vaterland« wurden von Christian Hansen übersetzt, »Komödie vom Schrecken von Frankreich« von Luis Ruby.

MIX
Papier | Fördert gute Waldnutzung
FSC® C014496

Erschienen bei FISCHER Taschenbuch
Frankfurt am Main, 2025

Druck und Bindung: GGP Media GmbH, Pößneck
ISBN 978-3-596-70288-6

COWBOYGRÄBER

1. Der Flughafen

Ich heiße Arturo, und das erste Mal einen Flughafen gesehen habe ich im Jahr 1968. Im November oder Dezember, vielleicht auch schon in den letzten Oktobertagen. Ich war fünfzehn damals und wusste nicht, ob ich Chilene oder Mexikaner war, machte mir darüber aber keine allzu großen Gedanken. Wir wollten nach Mexiko, um mit meinem Vater zusammenzuleben.

Zweimal versuchten wir fortzugehen, der erste Versuch schlug fehl, der zweite hatte Erfolg. Beim ersten Anlauf unterhielten sich meine Mutter und meine Schwester gerade mit meiner Großmutter und zwei oder drei anderen Leuten, deren Gesichter ich komplett vergessen habe, als sich mir ein Unbekannter näherte und mir ein Buch in die Hand drückte. Ich weiß noch, dass ich ihm ins Gesicht schaute, von unten herauf, weil er sehr groß war und hager, und dass er mir zulächelte und mich mit einem Nicken (er sagte die ganze Zeit kein Wort) ermunterte, sein unverhofftes Geschenk anzunehmen. Auch sein Gesicht habe ich vergessen. Er hatte leuchtende Augen (manchmal allerdings trug er in meiner Erinnerung eine schwarze Sonnenbrille, die nicht nur seine Augen verbarg, sondern auch einen Großteil seines Gesichts) und eine makellos rasierte, bis zu den Ohren glatt gespannte Haut. Im nächsten Moment war der Typ verschwunden, und ich erinnere mich, wie ich auf einem der Koffer saß und das Buch las. Es war ein Handbuch über Zivilflughäfen in aller Welt. Ich erfuhr darin, dass ein Flughafen über Hangars verfügt, die an die verschiedenen Fluggesellschaften vermietet werden und der Unterbringung und Instandhaltung der Maschinen dienen, dass sie Abflughallen haben, aus denen die Passagiere über Flugsteige zu den wartenden Flugzeugen gelangen, eine Wetterstation, einen Kontrollturm von üblicherweise mehr als 35 Metern Höhe, Rettungsdienste, deren Spezialeinheiten auf dem Rollfeld stationiert sind und vom Tower aus gelenkt werden, einen Windsack zur örtlichen Bestimmung der Windrichtung, der, wenn er waagerecht steht, eine Windgeschwindigkeit von 25 bis 30 Knoten anzeigt, ein Gebäude für die Flugabfertigung, in dem sich die zentralen Flugplanungsbüros befinden, ein Gepäckverladezentrum, Geschäfte, Restaurants und eine Polizeistation, in der man durchaus auf einen oder mehrere Interpol-Beamte stoßen kann. Kurz darauf nahmen wir Abschied von den Leuten, die uns zu diesem Zweck zum Flughafen begleitet hatten, und stellten uns in die Schlange zum Einsteigen. Das Buch steckte in meiner Jackentasche. Dann wurde über Lautsprecher der Name meiner Mutter ausgerufen. Ich glaube, der ganze Flughafen hörte ihn. Die Schlange geriet ins Stocken, die Passagiere sahen sich gegenseitig an und hielten Ausschau nach der Frau, die man suchte. Auch ich sah mich suchend um, aber weil ich wusste, wen ich suchen musste, schaute ich direkt meine Mutter an, was getan zu haben, ich mich bis heute schäme, wo ich dies schreibe. Die Reaktion meiner Mutter war übrigens ziemlich einzigartig: Sie tat völlig unbeteiligt, blickte sich sogar ihrerseits um, als suchte sie nach der ausgerufenen Person, nur weniger intensiv als die anderen Passagiere des Flugs Santiago–Lima–Quito–Mexiko DF. Einen Augenblick dachte ich, sie würde damit durchkommen und dass das Unvermeidliche, wenn sie es nicht akzeptierte, auch nicht eintreten werde, dass man also nur weiter in Richtung Flugzeug zu gehen brauchte, nur die Lautsprecherdurchsage ignorieren musste, damit die Stimme es leid wurde, nach ihr zu suchen, oder immer noch nach ihr suchen würde, wenn wir schon längst auf dem Weg nach Mexiko waren. Dann rief die Stimme sie erneut aus, und diesmal nannte sie zusätzlich zu ihrem Namen auch den meiner Schwester (die erst erbleichte und dann rot anlief wie eine Tomate) und meinen. Ich glaube, ich sah von fern, jenseits der Schlange zum Einsteigen, durch Glasscheiben von uns getrennt, meine Großmutter, die uns mit ängstlichem Gesicht oder hochrotem Kopf Zeichen machte und aus unerfindlichen Gründen auf die Uhr an ihrem linken Handgelenk deutete, als wollte sie sagen, es sei höchste Zeit oder schon zu spät. Dann erschienen zwei Beamte von Interpol und forderten uns nicht gerade höflich auf, ihnen zu folgen. Meine Mutter hatte uns kurz zuvor gesagt, keine Panik, Kinder, und als wir jetzt den Polizisten folgen mussten, sagte sie das erneut und fragte (scheinbar die Polizisten, die uns eskortierten, in Wirklichkeit aber niemand Bestimmten), was das für ein Skandal sei und dass man sich hüten solle, sie aufzuhalten, wir würden den Flieger verpassen. Typisch meine Mutter.

Meine Mutter war Chilenin, mein Vater Mexikaner, ich bin in Chile geboren und habe mein Leben lang in Chile gelebt. Der Umzug aus unserem Haus in das meines Vaters machte mir möglicherweise mehr Angst, als ich zugeben mochte. Außerdem ließ ich bei meinem Fortgang Vieles unerledigt. Ich hatte, bevor ich fortging, noch versucht, Nicanor Parra zu treffen. Ich hatte versucht, mit Mónica Vargas zu schlafen. Daran erinnere ich mich jetzt und knirsche mit den Zähnen, vielleicht erinnere ich mich auch nur an mich selbst und sehe mich mit den Zähnen knirschen. Damals waren Flugzeuge etwas Gefährliches und gleichzeitig das große Abenteuer, das wahre Reisen, aber ich hatte dazu keine eigene Meinung. Keiner meiner Lehrer war je geflogen. Keiner meiner Schulkameraden. Einige hatten schon ihr erstes Mal gehabt, aber geflogen war noch keiner. Meine Mutter sagte regelmäßig zu uns, Mexiko sei ein wunderbares Land. Bislang hatten wir immer in kleinen Provinzhauptstädten im Süden Chiles gelebt. Santiago, wo wir einige Tage blieben, bevor wir die Reise antraten, kam mir vor wie eine Metropole der Träume und Alpträume. Warte, bis du Mexiko-Stadt kennenlernst, sagte meine Mutter. Manchmal imitierte ich die mexikanische Art zu sprechen, imitierte die Art, wie mein Vater redete (obwohl ich mich kaum an seine Stimme erinnern konnte) und wie die Typen in den mexikanischen Filmen redeten. Ich imitierte Enrique Guzmán und Miguel Aceves Mejía. Meine Mutter und meine Schwester lachten sich schief, und auf diese Weise vertrieben wir uns an langen Winterabenden die Zeit, wobei ich das zuletzt nicht mehr so witzig fand wie am Anfang und mich schließlich verdrückte, ohne zu sagen, wohin. Ich ging gern in der Natur spazieren. Einmal besaß ich ein Pferd. Es hieß Zafarrancho. Mein Vater hatte das Geld geschickt, damit man es mir kaufte. Wo wir damals wohnten, weiß ich nicht mehr, vielleicht in Osorno, vielleicht in der Gegend von Llanquihue. Ich erinnere mich, dass unser Haus einen Patio hatte, mit einem Schuppen, der vom früheren Mieter als Werkstatt genutzt worden war und in dem wir eine Art Stall für mein Pferd einrichteten. Wir hatten Hühner, zwei Gänse und einen Hund, Duque, der mit Zafarrancho bald dick befreundet war. Jedenfalls sagten meine Mutter oder Celestina immer, wenn ich mit dem Pferd ausritt: Nimm Duque mit, er wird dich beschützen und dein Pferd beschützen. Lange Zeit (fast mein ganzes Leben lang) wusste ich nicht, was sie damit sagen wollten, vielleicht interpretierte ich ihre Worte auch falsch; Duque war ein großer Hund, aber immer noch kleiner als ich und viel kleiner als mein Pferd. Er besaß die Größe eines Deutschen Schäferhunds (war aber alles andere als ein Rassehund), hatte weißes Fell mit hellbraunen Flecken und Schlappohren. Manchmal verschwand er für mehrere Tage von zu Hause, und dann verbot mir meine Mutter kategorisch, mit dem Pferd auszureiten. Nach drei oder längstens fünf Tagen tauchte er wieder auf, magerer denn je, mit einem kühischen Gesichtsausdruck und solchem Durst, dass er imstande war, einen halben Eimer Wasser auszutrinken. Vor kurzem träumte ich während eines nächtlichen Bombardements, das am Ende nicht über ein militärisches Geplänkel hinauskam, von Duque und Zafarrancho. Beide waren tot, und ich wusste das. Duque, Zafarrancho, sagte ich zu ihnen, kommt her und schlaft doch bei mir, es gibt Platz genug. Mit meiner Traumstimme (dass ich träumte, begriff ich sofort, ohne aufzuwachen) imitierte ich den chilenischen Akzent, so wie früher immer den der mexikanischen Filme. Das war aber unwichtig. Wichtig war nur, dass mein Hund und mein Pferd aus freien Stücken in mein Zimmer kamen und dass sie die Nacht bei mir verbrachten.

Meine Mutter war eine schöne Frau. Sie las viel. Mit zehn hielt ich sie für den belesensten Menschen in dem Ort, in dem wir lebten, wo immer das auch gewesen sein mochte, obwohl sie in Wirklichkeit nie mehr als fünfzig Bücher besaß und ihre eigentliche Vorliebe den Zeitschriften für Esoterik oder Mode galt. Sie kaufte die Bücher im Versandhandel, was, glaube ich, auch der Grund war (anders kann ich es mir nicht vorstellen), warum wir die *Gedichte und Antigedichte* von Nicanor Parra ins Haus bekamen. Ich nehme an, dass jemand es irrtümlich der Büchersendung meiner Mutter beigelegt hatte. Der einzige Dichter, der bei uns gelesen wurde, war Pablo Neruda, weshalb ich das Buch von Parra für mich behielt. Meine Mutter hatte die Angewohnheit, uns die zwanzig Liebesgedichte von Neruda vorzutragen (vor oder nach meinen mexikanischen Imitationen), und manchmal weinten wir alle drei, andere Male, nicht oft, muss ich gestehen, errötete ich, schrie auf und floh durchs Fenster, weil sich mir alles drehte und ich das Gefühl hatte, mich übergeben zu müssen. Ich erinnere mich, dass meine Mutter rezitierte wie eine argentinische Vortragskünstlerin, die ich einmal im Radio gehört hatte. Sie hieß Alcira Soust Scaffo, und so wie ich die Mexikaner nachahmte, ahmte meine Mutter die Stimme von Soust Scaffo nach und konnte im Handumdrehen von den höchsten Tönen der Angst zu samtiger Tiefe wechseln. Um nicht zurückzustehen, imitierte meine Schwester in einigen Alptraumnächten Marisol. Manchmal denke ich über Chile nach und glaube, dass alle Chilenen, zumindest die, die in den Sechzigern am Leben und mehr oder weniger bei Sinnen waren, im Grunde ihres Herzens Imitatoren sein wollten. Ich erinnere mich, dass ein Komiker mit der Imitation von Batman und Robin Berühmtheit erlangte. Und dass ich die Comics von Batman und Robin sammelte und mir die Imitation frevelhaft und unflätig erschien, dass ich aber trotzdem lachte und sie mir, je länger ich darüber nachdachte, nicht mehr gar so frevelhaft und unflätig erschien, sondern eher traurig. Einmal machte Alcira Soust Scaffa in Cauquenes oder Temuco, oder wo immer wir damals wohnten, im Zuge einer langen Tournee durch die Theater des chilenischen Südens Station, und meine Mutter nahm uns mit in ihre Vorstellung. Sie war sehr alt (obwohl sie auf den wenigen Plakaten, die wir auf der Plaza de Armas y de la Municipalidad sahen, jung und ernst wirkte, mit einer Frisur, die sicher in den Vierzigern Mode gewesen war) und besaß eine Stimme, die mich live, ohne die verzeihende Übertragung des Radios, vom ersten Moment an nervös machte. Der Lyrikabend musste, keine Ahnung warum, vielleicht aus gesundheitlichen Gründen, mehrmals unterbrochen werden. Nach jeder Unterbrechung kehrte Alcira Soust Scaffa unter schallendem Gelächter auf die Bühne zurück. Von meiner Mutter erfuhr ich, sie sei kurz darauf in einem Irrenhaus in ihrer Geburtstadt Buenos Aires gestorben. Meine Aversion gegen Neruda stammt aus jener Zeit. Damals nannten sie mich im Gymnasium *El Mexicano*. Manchmal fühlte es sich gut an, diesen Spitznamen zu tragen, andere Male empfand ich ihn eher als Beleidigung. Ich hörte es lieber, wenn sie mich *El Loco* nannten.

Meine Mutter arbeitete viel. Ob sie es gut machte oder schlecht, weiß ich nicht, auf jeden Fall versetzte man sie alle zwei, drei Jahre auf einen anderen Posten in einer anderen Provinz. Auf diese Weise machten wir Bekanntschaft mit den statistischen Abteilungen (was in vielen Fällen nur ein euphemistischer Name für ihr eigenes, oft kleines und schäbiges Büro war) fast aller Krankenhäuser im Süden des Landes, in denen sie arbeitete. Schon immer ein Luchs, was Mathematik anging, meine Mutter wohlgemerkt, nicht ich. Was sie selbst zugab: In Mathematik bin ich ein Luchs, sagte sie lächelnd, aber mit leicht verklärter Stimme. Die Mathematik war auch schuld, dass sie meinen Vater kennengelernt hatte, bei einem Schnellkurs (oder Intensivkurs oder einer Weiterbildung) für statistische Mathematik, den sie sechs Monate lang in Mexiko absolviert hatte. Sie kehrte schwanger nach Chile zurück, und neun Monate später erblickte ich das Licht der Welt. Bald darauf kam mein Vater nach Chile, um mich kennenzulernen, und als er wieder fuhr, war meine Mutter mit meiner Schwester schwanger. Ich konnte mich nie für Mathematik erwärmen. Ich mochte Zugfahrten, das Reisen in Bussen, sich die Nächte um die Ohren schlagen, fand es toll, die neuen Häuser zu erkunden, in die wir einzogen, aber die neuen Schulen mochte ich nie. Es gab da ein Busunternehmen, das Vía Sur hieß und die Panamericana bis hinunter nach Puerto Montt befuhr. Als Kind habe ich eine Weile in Puerto Montt gelebt, kann mich jedoch an nichts erinnern, nur an den Regen vielleicht, außerdem in Temuco, Valdivia, Los Ángeles, Osorno, Llanquihue und Cauquenes. Meinen Vater habe ich während der Zeit zweimal gesehen, einmal, als ich acht, und das andere Mal, als ich zwölf Jahre alt war. Meiner Mutter zufolge hat es vier Begegnungen gegeben, aber bei den beiden, die ich vergessen habe, muss ich noch sehr klein gewesen sein und kann mich an nichts erinnern. Die Vía Sur existiert sicher nicht mehr oder heißt jetzt anders. Ich bin auch mit einer Buslinie namens Lit gereist und mit einer, die Der fünfte Reiter hieß, sogar mit einer, die sich La Andina nannte und deren Firmenlogo ein brennender Berg war, kein Vulkan, wie man vernünftigerweise hätte annehmen können, sondern ein brennender Berg. Jedes Mal, wenn wir umzogen, folgte uns mein Vater wie ein Phantom von Ort zu Ort, mit seinen von Fehlern wimmelnden Briefen und seinen Versprechungen. Meine Mutter hatte ihn natürlich öfter als viermal in fünfzehn oder sechzehn Jahren gesehen. Einmal ist sie nach Mexiko geflogen und verbrachte dort mit ihm zwei gemeinsame Monate, während meine Schwester und ich in der Obhut unserer Mapuche-Haushälterin blieben. Damals wohnten wir in Llanquihue. Als meine Großmutter, die in Viña del Mar lebte, erfuhr, dass meine Mutter uns aus Stolz nicht bei ihr hatte unterbringen wollen, sprach sie fast ein Jahr lang kein Wort mit ihrer Tochter. Meine Großmutter hielt meinen Vater für den Inbegriff des Lasters und der Verantwortungslosigkeit und nannte ihn, wenn sie von ihm sprach, immer *den Herrn Mexikaner* oder *diesen mexikanischen Hallodri*. Am Ende verzieh meine Großmutter meiner Mutter, denn so, wie sie meinen Vater für den Inbegriff des Lasters hielt, wusste sie, dass meine Mutter der Inbegriff der Traumtänzerei war.

Die Hausangestellte, bei der wir blieben, hieß Celestina Maluenda und stammte aus Santa Bárbara in der Provinz Bío-Bío. Sie wohnte viele Jahre bei uns und folgte meiner Mutter von Provinz zu Provinz und von einem Haus zum nächsten, bis zu dem Tag, an dem meine Mutter beschloss, mit uns nach Mexiko zu ziehen. Was geschah? Ich weiß nicht, kann sein, dass meine Mutter sie bat, uns nach Mexiko zu begleiten, und dass Celestina nicht wollte, kann sein, dass meine Mutter sagte, das war's, Celestina, alte Freundin, Schluss, aus, Ende, man sieht sich, kann sein, dass Celestina für eigene Kinder und

Enkel zu sorgen hatte und glaubte, die Zeit sei dafür reif, kann sein, dass meine Mutter nicht das Geld hatte, ihr ein Flugticket für Mexiko zu kaufen. Meine Schwester liebte sie sehr und weinte, als sie sich von ihr verabschiedete. Celestina weinte nicht: Sie strich ihr übers Haar und sagte, pass gut auf dich auf. Mir gab sie nicht einmal die Hand. Wir sahen uns von weitem an, und sie murmelte etwas zwischen den Zähnen, wie es ihre Art war. Vielleicht sagte sie: Pass auf deine Schwester auf, Arturo. Vielleicht schickte sie mich dorthin, wo der Pfeffer wächst. Oder sie wünschte mir viel Glück.

Zu der Zeit, als man uns mit Celestina allein ließ, lebten wir in Llanquihue, am Stadtrand, in einer von Pappeln und Eukalyptusbäumen gesäumten Straße ohne Häuser. Es gab bei uns ein Gewehr, von dem keiner wusste, wer es eigentlich angeschleppt hatte (obwohl ich vermute, dass es ein Freund meiner Mutter war), und ich hatte mir angewöhnt, nachts, bevor ich ins Bett ging, das Haus Zimmer für Zimmer, Keller eingeschlossen, mit dem Gewehr über der Schulter abzulaufen, gefolgt von Celestina, die mir mit einer Taschenlampe die Ecken ausleuchtete. Manchmal übertrieb ich es mit der Wachsamkeit und schloss auch den Patio in meinen Rundgang ein, wagte mich sogar einige Meter auf die dunkle Straße hinaus. Ich kam bis zur ersten Straßenlaterne, schon ein gutes Stück vom Haus entfernt, begleitet nur von meinem Hund, und kehrte dann zurück. Celestina blieb an der Tür stehen und wartete auf mich. Danach rauchten wir jeder eine Zigarette und gingen schlafen. Das Gewehr verstaute ich unter meinem Bett. Eines Nachmittags jedoch bemerkte ich, dass das Gewehr entladen war. Als ich Celestina fragte, wer mir die Patronen geklaut habe, antwortete sie, das sei sie gewesen, aus Vorsicht, damit ich niemanden verletzen könne. Ist dir nicht klar, sagte ich, dass ein ungeladenes Gewehr total nutzlos ist? Es kann nützen, Angst einzujagen, sagte Celestina. Der Vorfall brachte mich ganz aus dem Häuschen, ich schrie und heulte, um die Patronen zurückzubekommen. Schwöre mir, dass du niemanden umbringst, sagte Celestina. Hältst du mich etwa für einen Mörder?, antwortete ich. Ich würde nur schießen, um mich zu verteidigen, um dich und meine Schwester zu beschützen. Mich muss man nicht mit einem Gewehr beschützen, sagte sie. Und was willst du tun, wenn eines Nachts ein Mörder kommt? Ihre Schwester und Sie an die Hand nehmen und davonlaufen (manchmal duzte mich Celestina, manchmal siezte sie mich). Am Ende schwor ich, und Celestina gab mir die Patronen zurück. Als ich das Gewehr geladen hatte, sagte ich, sie solle sich einen Apfel auf den Kopf legen. Du irrst dich, wenn du an meiner Treffsicherheit zweifelst, warnte ich sie. Celestina sah mich lange wortlos an, mit einem tiefen und traurigen Blick, und sagte schließlich, wenn ich so weitermachte, würde ich bald als Mörder enden. Ich töte keine Vögel, sagte ich. Ich bin kein verdammter Jäger. Ich töte keine Tiere. Ich verteidige mich nur. Ein andermal flog meine Mutter nach Miami und traf sich dort mit meinem Vater. Das waren die herrlichsten dreißig Tage meines Lebens, sagte sie. Ein Glück, dass er dir nicht noch ein Kind gemacht hat, sagte ich. Meine Mutter holte zu einer Ohrfeige aus, aber ich war schneller und wich ihr aus.

Manchmal war es meine Mutter, die ihre Reise bezahlte, andere Male schickte ihr mein Vater die Flugtickets. Für uns Kinder schickte er nie welche. Meiner Mutter zufolge nicht deswegen, weil er uns nicht sehen wollte, sondern aus Angst, das Flugzeug könne abstürzen und man würde meine Schwester und mich erst lange Zeit später schlafend in einem Nest aus verbogenem, verglühtem Metall in irgendeiner gottverlassenen amerikanischen Bergregion finden. Um ehrlich zu sein, hatte ich ernste Zweifel hinsichtlich dieser Erklärung. In den Tagen, die zwischen unserem ersten vereitelten Versuch, nach Mexiko aufzubrechen, und dem zweiten lagen, erinnerte sich meine Mutter wieder an meine Zweifel und zeigte mir (nur mir) den letzten Brief, den mein Vater ihr geschickt hatte, als es für unsere Reise nach Mexiko bereits Datum und Uhrzeit gab. In dem Brief schrieb mein Vater, er schlafe mit einer Pistole in der Nachttischschublade, für den Fall, dass wir verunglückten. Und was soll das heißen?, fragte ich. Dein Vater gibt mir damit zu verstehen, dass er sich eine Kugel in den Kopf schießt, wenn uns etwas zustößt. Und was sollte uns zustoßen? Dass das Flugzeug, was Gott verhüten möge, abstürzt. Und mein Vater will sich umbringen, wenn wir sterben? Ja, sagte meine Mutter, wenn er schreibt, er schlafe mit der Pistole neben sich, dann, um seinem Leben ein Ende zu setzen, wenn den Herrschaften etwas zustößt. Die *Herrschaften* waren wir, meine Schwester und ich. Der Gedanke an meinen Vater und seine Pistole ging mir tagelang nicht aus dem Kopf, und nach der Ankunft in Mexiko, bevor für mich der Unterricht in einer neuen, mexikanischen Schule begann, als ich noch nichts zu tun hatte und niemanden kannte, durchsuchte ich sogar sämtliche Zimmer des Hauses, habe sie aber nie gefunden.

Briefe bekamen wir tatsächlich, seitenlange, von Hand geschriebene Briefe in krakeliger Schrift und mit haufenweise orthographischen Fehlern. Er sprach darin von »meiner zweiten Heimat«, wie er sich hochtrabend ausdrückte, wenn er Chile meinte, oder von »meiner anderen Heimat«, »meiner Heimathaftigkeit«, »meiner Andersheit«. Manchmal, nicht oft, sprach er von meinem Großvater und meiner Großmutter, einem Galizier und einer Indianerin aus Sonora, die mir so fern schienen, als seien sie Außerirdische. Er sagte, er sei das jüngste von sieben Geschwistern, mein Großvater wäre neunzig und besäße Land in der Gegend von Santa Teresa, meine Großmutter wäre sechzig, genau dreißig Jahre jünger als der Großvater. Manchmal stellte ich aus Langeweile Berechnungen an (obwohl ich Mathematik nicht mag) und bekam die Zahlen nicht unter einen Hut: Als ich zur Welt kam, war mein Vater laut Aussage meiner Mutter, die von allen außer von sich selbst das genaue Alter kannte und verriet, fünfundzwanzig; zu der Zeit, als wir nach Mexiko gingen, muss mein Vater etwa vierzig gewesen sein; wenn meine Großmutter damals sechzig war, hätte sie zwanzig sein müssen, als sie meinen Vater bekam; aber wenn mein Vater das jüngste von sieben Geschwistern war, wie alt war dann meine Großmutter, als das erste zur Welt kam? Meine Großmutter dreizehn und mein Großvater dreiundvierzig. Es gab natürlich noch eine andere Möglichkeit: dass meine Großmutter nicht die Mutter aller Kinder meines Großvaters war, sondern nur die der beiden letzten oder bloß die von meinem Vater. Wie dieser in seinen fürchterlichen Briefen berichtete, die ich manchmal nicht einmal zu Ende las, sei mein Großvater bis vor kurzem noch geritten. Er schrieb auch, dass der alte Mann während eines Telefongesprächs, in dem mein Vater ihm erzählte, wobei er sich in seiner Erzählung heillos verstrickte, weder waren die Verbzeiten klar, noch sonst etwas nachvollziehbar, er hätte mir Geld für ein Pferd geschickt, die Hoffnung geäußert habe, mich eines Tages reiten zu sehen, in Sonora und auf richtigen Pferden. Damit erreichte er allerdings nur, mich gegen meinen Großvater einzunehmen, den ich übrigens nie kennengelernt habe. Einmal fragte ich meinen Vater (ganz beiläufig, fast als sprächen wir über Fußball, während wir in einem Stau auf der Avenida Insurgentes standen) nach der frühreifen Mutterschaft meiner Großmutter, woraufhin er mir gestand, sie sei die zweite Frau meines Großvaters gewesen und dass sie ihr erstes Kind mit neunzehn, das zweite mit zwanzig bekommen habe. Ich weiß nicht, warum ich ihn daraufhin nach seiner ersten Frau fragte, nach der meines Vaters, nicht der meines Großvaters, übergangslos und ohne Umschweife, als wenn alles, worüber wir an diesem Nachmittag redeten, darauf abgezielt hätte, am Ende auf diesen Punkt zu sprechen zu kommen. Mein Vater blieb zunächst stumm, zeigte keine Reaktion, schaute, die Hände am Lenkrad, nach vorn. Dann erklärte er, dass es in Mexiko anders als in Chile seit langem die Scheidung gebe, aber dass es gleichzeitig, im Unterschied zu Chile, sehr teuer sei, sich scheiden zu lassen. Ich weiß nicht warum, sagte er, aber sich scheiden zu lassen ist sehr teuer. Das muss an den verdammten Kindern liegen, sagte ich und schnippte die Zigarette aus dem Fenster (seit ich fünfzehn war, seit ich in DF mexikanischen Boden betreten hatte, ließ mich mein Vater rauchen). Das wird es sein, sagte er. Ich erinnere mich nicht mehr, ob wir in Richtung UNAM oder La Villa unterwegs waren, nur dass wir im Schneckentempo vorankamen und mein Vater es vermied, mich anzusehen (er schaute starr auf die ins Stocken geratene Blechlawine vor uns, aber mit einem Gesichtsausdruck, als betrachtete er die großen, offenen Weiten Amerikas, die Schänken und Fabriken, die dämmrigen Gebäude, in denen Menschen wohnten wie er, Menschen über vierzig), aber als er mich endlich ansah, lächelte er und wollte etwas sagen, was er dann doch nicht tat.

Bei seinem letzten Besuch in Chile, anderthalb Jahre bevor wir nach Mexiko gingen, luden uns Freunde meiner Mutter für ein Wochenende auf ihr Landgut ein. Eines Nachmittags machten wir einen Ausritt. An manchen Tagen erinnere ich mich ganz deutlich an die Stimmen, an das Gelb und Dunkelgrün der Landschaft, an die Vögel, die spärlichen, unglaublich hohen Wolken, an anderen Tagen erinnere ich mich wie durch Nebelschleier, als wäre es ein verwackelter oder mit schadhaftem Filter aufgenommener Film oder als hätte man etwas mit meinem Gehirn gemacht. Wir waren sieben Chilenen und ein Mexikaner, und die Chilenen wollten sehen (ich war einer der Chilenen und wollte auch *sehen*), ob der Mexikaner Manns genug war, zu reiten, ohne vom Pferd zu fallen. Einer der Chilenen, ein Arzt, der aber auch ein Heilpraktiker gewesen sein könnte, hatte vermutlich ein Verhältnis mit meiner Mutter gehabt, ich erinnere mich an seine Besuche zu Hause, an die Stimme meiner Mutter, die Celestina befahl, uns ins Bett zu bringen, an die Musik vom Plattenspieler, als sie dann allein waren, der Stücke aus dem Film *Orfeu Negro* spielte. Ich erinnere mich auch an die melancholische, gelegentlich übellaunige Stimmung des Arztes oder Heilpraktikers, eine Übellaunigkeit, die es ihm dennoch nicht ermöglichte, sich in den äußerst hektischen Tagen vor der Ankunft meines Vaters von meiner Mutter zu lösen. Da war also der leidgeprüfte Freund meiner Mutter, und da waren ich und fünf weitere Chilenen, und ich erinnere mich, dass sie Wein aus dem Maule-Tal tranken und dass sich, je weiter wir uns vom Haupthaus entfernten, die Witzeleien und Bemerkungen über die Reitkunst in den beiden Schwesterrepubliken häuften (eine bloße Redensart, denn Chile und Mexiko ähneln sich nicht im Geringsten, außer dass eines der beiden das erste, das andere das letzte Land Lateinamerikas ist, der Kopf und der Schwanz des Subkontinents, aber welches der Kopf und welches der Schwanz ist, hängt vom Auge des Betrachters oder Leidtragenden ab, in beiden Fällen keine vorteilhafte Situation). (Wobei kein Land in Lateinamerika in einer vorteilhaften Situation ist, alle befinden wir uns an den Abhängen der Berge, alle befinden wir uns am Grund der Schlucht, welcher Schlucht?, der Yuro-Schlucht.) Jedenfalls machten wir einen Ausritt. Vorher im Stall wollte mein Vater sein Pferd selbst satteln, dann überprüfte er noch Gurt, Kandare und Trense meines Pferdes und machte einige Bemerkungen über den Sattel, den er zu protzig fand. Anfangs ritten wir Schritt, und die Erwachsenen tranken und lachten. Ich erinnere mich auch, dass wir ein Flüsschen durchquerten, in dem meine Schwester und ich in früheren Sommern geschwommen waren. Anschließend kamen wir auf ein unbestelltes Feld, das durch Holzzäune von einigen Weiden abgetrennt war, auf denen Kühe grasten. Das war der Moment, wo zwei aus der Gruppe, wahrscheinlich die beiden ältesten Söhne des Gutsbesitzers, in Galopp fielen und den ersten Zaun übersprangen. Mein Vater, der nur ein paar Jahre älter war als sie und sich als Gast vermutlich dazu verpflichtet fühlte, folgte ihnen. Oder vielleicht hatte es vorher schon eine Herausforderung gegeben, eine Wette. Ich weiß es nicht. Ich weiß nur, dass mein Vater lospreschte, dass ich ihn auf den Zaun zureiten und dann sauber über ihn hinwegsetzen sah. Daraufhin hörte ich einen Schrei, es war ein Vogel, ohne dass ich hätte sagen können, was für einer, vielleicht ein Queltehue, vielleicht hatte auch einer der Brüder geschrien, die auf den nächsten Zaun zuritten, aber für mich klang es wie der Schrei eines Kondors, als wäre aus dem Wald, den wir gerade hinter uns gelassen hatten, einer dieser riesigen Geier aufgestiegen und würde jetzt über den Weiden kreisen, unsichtbar und bedrohlich. In dem Moment, als mein Vater sich anschickte, den zweiten Zaun zu überspringen, setzte ich ihm im Galopp nach. Ich spürte das Zittern des Pferdes, seine Energie, und nahm wie im Rausch den ersten Zaun. Das Gelände zeigte weiter vorn ein Gefälle, das von dort, wo sich die übrige Gruppe befand, nicht sehr ausgeprägt, mit seinem sich leicht im Wind wiegenden hohen Gras eher moderat wirkte, das sich aber, wenn man es unter den Hufen hatte, als stark abschüssig, uneben und voller Löcher erwies. Als ich den Kopf hob, hatten die beiden Brüder angehalten, und das Pferd des einen tänzelte, sicher scheute es vor etwas, dachte ich, vor einer Schlange vielleicht, und hatte Angst, oder es war der Reiter selbst, der es verärgert tänzeln ließ, um es zu strafen. Mein Vater, weiter vorn, nahm gerade den dritten Zaun in Angriff, und von hinten glaubte ich Schreie zu hören, jemand, vielleicht der Gutsbesitzer, rief ihm zu, er solle anhalten, ein anderer, der Heilpraktiker, stieß spitze Schreie aus wie in einem Film mit Miguel Aceves Mejía, wie in einem Film mit Jorge Negrete, Pedro Infante, Antonio Aguilar, wie in einem Film mit Resortes und Calambres, Schmerzens- und Freudenschreie, Schreie von Liebesleid und Freiheit, wie ich schlagartig verstand, während sich mir der zweite Zaun in den Weg stellte und ich ebenfalls schrie und die Beine an den Leib meines Pferdes presste, das in diesem Moment pfeilschnell hinübersetzte, und weiter hügelabwärts schoss, die Gestalt meines Vaters wegen des Gefälles schon außer Sicht, die beiden Brüder erst zu meiner Linken, dann hinter mir, der eine abgestiegen und dabei, die Vorderläufe seines Pferdes zu untersuchen. Dann ging es eine Böschung hoch, und als die überwunden war, erblickte ich einen Fluss zwischen Mauern von Bäumen und, näherzu, einen kleinen Wald, in dem einige Araukarien die übrigen Baumwipfel überragten. Weder meinen Vater noch sein Pferd konnte ich irgendwo entdecken. Ich setzte über den dritten Zaun und galoppierte auf das Wäldchen zu. Noch bevor ich dort ankam, zügelte ich mein Pferd. Ich fand meinen Vater auf einem Baumstumpf sitzend, eine unangezündete Zigarette zwischen den Fingern. Die Hand, die die Zigarette hielt, zitterte. Der Schweiß lief ihm in Strömen, und er saß da mit hochrotem Kopf und weit aufgeknöpftem Hemd. Meine Anwesenheit schien er nicht eher zu bemerken, als bis ich vom Pferd stieg. Ich setzte mich neben ihn, aber auf den Boden, und sagte, er sei ein klasse Rennen geritten. Keine Ahnung, warum ich das getan habe, sagte er, ich hätte mir das Genick brechen können. Dann sagte er: Seit Ewigkeiten bin ich auf kein Pferd mehr gestiegen. In einiger Entfernung erschienen auf der Kuppe des Hügels die anderen; einer hatte uns wohl gesehen und hob die Hand; dann deuteten sie gestikulierend auf irgendein Gatter in Flussrichtung, wo der Abhang weniger steil wurde, das sie passieren wollten.

Ich reckte die Arme zum Zeichen, dass ich verstanden hatte. Mein Vater hob nicht einmal den Kopf. Er hatte die Zigarette angezündet und schwitzte immer mehr. Einen Moment lang überlegte ich, ob er vielleicht weinte. Die anderen Reiter winkten mir zu, dann waren sie wie vom Erdboden verschluckt. Ich setzte mich wieder neben meinen Vater. Zunächst sah es aus, als würde er an der Zigarette ersticken, einer Cabañas, er, der an die stärkeren und zugleich feineren mexikanischen Delicados gewöhnt war, richtig guter Tabak, aber dann blies er nur Rauchringe, achtlos und als hätten seine Lippen nichts mit ihm zu tun, wobei er erst nach unten auf den mit Zweigen, Gräsern und klumpiger Erde bedeckten Boden schaute, dann nach oben, perfekt kreisförmige Rauchringe von verschiedener Größe und sogar unterschiedlich dick. Dann fragte er, während er die Zigarette ausdrückte: Soll ich dir erzählen, wie sich die Cowboys in Mexiko fortbewegen? Papa, in Mexiko gibt es doch keine Cowboys, sagte ich. Natürlich gibt es welche, sagte mein Vater, ich war selber einer, auch dein Großvater war Cowboy, und sogar deine Großmutter war ein Cowgirl. Was glaubst du, warum ich hier bin, so weit weg von allem? Die Frage fand ich nicht gerecht, ich lebte doch hier fern von allem, und das schien er ständig zu vergessen, aber gleichzeitig kam es mir so vor, als sei mein Vater drauf und dran, mir die große Enthüllung meines Lebens zu machen. Wegen meiner Mama, sagte ich. Ja, wegen deiner Mama, sagte er, und wegen anderer Sachen. Wegen deiner Schwester und dir, sagte er nach kurzem Schweigen, und wegen noch anderer Sachen. Dann verstummte er, als hätte er mit einem Mal vergessen, worüber wir sprachen, und vom anderen Ende des Wäldchens näherten sich uns die übrigen Reiter der Gruppe. Mein Vater erhob sich und sagte, wir sollten zu ihnen aufschließen. Mein ganzes Leben habe ich versucht, ein Sportler zu sein, sagte er, bevor er aufstieg, aber ich habe es nie geschafft.

Meine Mutter las Liebesromane, die sie sich per Post aus Santiago schicken ließ, außerdem las sie esoterische Zeitschriften. Mein Vater las nur Wildwestromane. Ich las Nicanor Parra und glaubte, das würde mir einen Vorteil verschaffen, aber es verschaffte mir überhaupt keinen Vorteil. Etwas in der Art hatte mir Mónica Vargas gesagt, wenige Tage bevor ich Chile verließ. Damals, Ende 1968, war es nicht leicht, ein lateinamerikanisches Land zu verlassen und in ein anderes umzuziehen. Heute ist es schon schwierig, aber damals noch viel mehr. Man musste einen Haufen Formulare ausfüllen, die für die Reise unerlässlich waren, in der kleinen Provinzhauptstadt jedoch, in der wir damals lebten, nicht ausgestellt werden konnten. Darum verkauften wir alles, was wir hatten, was nicht viel war, einige Möbel und noch ein paar andere Sachen, und zogen zwei Wochen vor dem Zeitpunkt unserer Reise (unserem ersten Versuch, das Land zu verlassen) nach Santiago, in die Wohnung einer Freundin meiner Mutter, Rebeca Vargas, einer Gymnasiallehrerin aus dem Süden, die man in die Hauptstadt verpflanzt hatte, wo sie mit ihrer jüngeren Schwester, Mónica Vargas, lebte, die damals am Konservatorium studierte.

Mónica hatte langes, glattes Haar und große Brüste, war sehr dünn und spielte Querflöte. In der ersten Nacht, die wir in ihrer Wohnung verbrachten, unterhielten wir uns bis tief in die Nacht, und als alle anderen schon im Bett waren, kurz bevor auch wir uns schlafen legten, gingen wir noch einmal hinaus auf den Balkon, vermutlich um uns die Lichter von Santiago anzuschauen, die Lichter der Avenidas und Leuchtreklamen im Zentrum, oder um die vom Mond beschienene Kordillere zu betrachten, einem Mond, der wie ein Scheinwerfer über dem Abgrund hing. Ich erinnere mich, dass ich schon vorher, im Wohnzimmer oder in der Küche, wo ich ihr half, eine weitere Runde Tee, Brot mit Avocado und Marmelade vorzubereiten (als wären meine Mutter und alle, die ihr zuhörten, in dieser

Nacht schlaflos und als hätte die Schlaflosigkeit unseren Appetit geweckt, aber keinen Appetit auf Mittag- oder Abendessen, sondern Appetit auf einen Imbiss, den Appetit der Fabeln und Legenden), auf ihre Frage, was ich zu studieren gedächte, wenn wir in Mexiko wären, geantwortet hatte, Medizin, dass ich aber eigentlich Dichter sein wolle. Das ist doch prima, sagte sie, während sie Tee, Milch und Jogurts aufs Tablett stellte (es war das erste Mal, dass ich abgepacktes Jogurt aß), eine Hilton zwischen ihren Lippen oder ihren langen Fingern mit den abgekauten Nägeln. Und was hast du gelesen? Die Frage überraschte mich so, dass ich plötzlich nicht mehr wusste, was ich sagen sollte, ausgerechnet in der einzigen Phase meines Lebens, in der ich auf alles eine Antwort hatte. Nicanor Parra, sagte ich. Ah, Nicanor, sagte Mónica, als würden sie sich kennen und seien eng befreundet. *Gedichte und Antigedichte*, sagte ich, die Nacimiento-Ausgabe von 1954. Das ist die einzige, die es gibt, sagte sie, und wir sprachen nicht mehr über das Thema, bis wir wieder nach drinnen gingen. Sie hielt eine Zigarette zwischen den Fingern, die letzte dieser Nacht, und ich zögerte, sie um eine zu bitten, aus Angst vor Demütigung, wenn sie sie mir mit dem Argument abgeschlagen hätte, ich sei noch nicht alt genug zum Rauchen, obwohl ich jetzt weiß, dass sie sie mir niemals abgeschlagen hätte. Sie saß auf einem hölzernen Klappstuhl, und ich stand, fast mit dem Rücken zu ihr, und betrachtete die dunkle Stadt, wünschte mir, niemals von hier fortzugehen. Dann sagte Mónica, sie werde mir ein Buch leihen, das ich in den Tagen vor meiner Abreise lesen solle. Was für ein Buch? sagte ich. Eins von Rilke, sagte sie, *Briefe an einen jungen Dichter*. Ich erinnere mich, dass wir uns anschauten oder dass es mir so vorkam, als würden wir uns anschauen, in Wirklichkeit war Mónicas Blick fest auf die unförmige Masse von Santiago gerichtet, und ich erinnere mich, dass ich mich so beleidigt, so gedemütigt fühlte, als hätte sie mir eine

Zigarette abgeschlagen. Ich wusste, dass die Erwähnung der Briefe ihre Art war, mir zu sagen, ich solle die Finger von der Lyrik lassen, wusste, dass der junge Dichter nie etwas von Wert geschrieben, dass er mit Glück in einem Duell oder in einem Krieg sein Leben verloren hatte, wusste, dass Mónica imstande war, Nicanor zu duzen, nicht aber, ihn zu lesen, wusste, dass Mónica wusste, dass ich abgesehen von Nicanor Parra (dem *Señor* Parra) in meinem Leben kaum etwas gelesen hatte. All das wusste ich im selben Augenblick, und am liebsten hätte ich mich rittlings auf die Brüstung gesetzt und ihr gesagt: Du hast recht, aber du irrst dich sehr, kein sehr chilenischer Satz, dafür aber sehr mexikanisch. Stattdessen drehte ich mich zu ihr um und bat sie um eine Zigarette. Wortlos, als sei sie in Gedanken meilenweit von dem Balkon entfernt, der harmlos über Santiago hing, reichte sie mir die Packung und gab mir dann Feuer. Wir rauchten eine Weile schweigend, sie ihren Stummel (sie rauchte Zigaretten immer bis zum Filter) und ich meine ganze. Dann schlossen wir die Balkontür, und ich setzte mich aufs Sofa, in Erwartung, dass sie schlafen ging, um mich meinerseits hinzulegen. Mónica verschwand für einen Moment und kam kurz darauf mit dem Buch von Rilke zurück. Wenn du nicht müde bist, kannst du gleich jetzt anfangen, sagte sie. Dann wünschte sie mir gute Nacht, und ich gab ihr einen Kuss auf den Mund. Sie schien nicht überrascht, warf mir aber einen vorwurfsvollen Blick zu, vielleicht auch nur einen ernsten Blick, bevor sie im Flur verschwand. Der war eigentlich klein, die ganze Wohnung war klein, viel kleiner als die, die wir verlassen hatten, aber unbekannte Wohnungen wirken immer größer. Am nächsten Abend, als Mónica von ihrem Unterricht im Konservatorium zurückkam, sagte ich, ich hielte den Autor der *Briefe an einen jungen Dichter* für eine Betschwester. Nur das?, fragte sie mit demselben ernsten Stirnrunzeln wie in der Nacht zuvor. Nur das, sagte ich. Später, nach dem

Abendessen, blieb Mónica nicht da, um eine letzte Zigarette mit mir zu rauchen.

In dieser Nacht hatte ich Alpträume und schlief schlecht. Am nächsten Morgen bat ich meine Mutter um Geld und zog los, um mich von Nicanor Parra zu verabschieden.

Natürlich wusste ich nicht, wo er wohnte. Von der Wohnung der Schwestern Vargas aus rief ich in einem Verlag und beim Rektorat der Universidad de Chile an. Am Ende hatte ich eine Adresse. Ich ahnte von Anfang an, dass es nicht nur schwer werden würde, dorthin zu kommen, sondern auch schwer, zurückzufinden. Ich nahm einen Bus, der mich an einer Hauptverkehrskreuzung absetzte. Dort stieg ich in einen anderen Bus, der sich durch enge, gewundene Straßen voller kleiner Geschäfte und Verkaufsstände zwängte, deren Angebot von Aluminiumtöpfen und -pfannen bis hin zu Zinnsoldaten reichte. Wir passierten etliche schlecht befestigte Straßen und kamen dann auf ein unbebautes Gelände, mehr schlecht als recht eingegrenzt von halbverfallenen Backsteinmauern und so groß und plan wie zehn Fußballfelder. Dort stieg ich wieder aus und ging zu Fuß weiter. Als ich an dem Gelände vorbei war, teilte sich der Weg, zur einen Seite setzte sich eine unbebaute Straße fort (die weniger einer Stadt- als einer Landstraße glich), zur anderen erstreckte sich ein Viertel aus einstöckigen Häusern mit einigen unasphaltierten Straßen, auf denen ich viele Kinder und viele Hunde sah. Ich beschloss, dieser Straße zu folgen; bald schon tauchten weitere Viertel auf, die jedes Mal niedriger, geduckter oder abgeflachter wirkten, ein Phänomen, das durch die zunehmende Nähe zur Kordillere noch verstärkt wurde, als würde der Druck der Berge oder des Windes die Häuser allmählich dem Erdboden gleichmachen. Dann kam ich an eine Bushaltestelle und fragte nach der Adresse, die ich suchte. Man wies auf eine steil ansteigende Straße. Auf der anderen Seite, wurde mir gesagt. Ich erklomm die Anhöhe und sah auf einen Fluss und eine Brücke hinunter. Ich überquerte beide und gelangte in ein Viertel mit von Lärchen beschirmten Straßen. Ich sah ein Schild, auf dem *Lo Paigüe* stand, und nahm an, dass dies der Name des Viertels war. Ich betrat ein Kinderbekleidungsgeschäft und sagte, ich suche das Haus von Nicanor Parra. Das liegt am anderen Ende von Lo Paigüe, erklärte mir eine Frau. Prima, sagte ich, und ging weiter, immer am Fluss entlang. Dieser teilte sich schon bald in mehrere Arme, von denen einige durch Dämme aus großen, lehmgefüllten Blechdosen und/oder Müll der verschiedensten Sorte gestaut waren. Ich näherte mich neugierig, und von unten, einem Pfad aus Zweigen und schon versteinerten Verpackungen folgend, der die Inseln des Abwasserdeltas miteinander verband, schauten zwei Ratten zu mir herauf. Eine von ihnen, die dünnere, lächelte mir zu. Ein demütiges Lächeln, als wollte sie sagen, da bin ich, Arturo, und schlage mich durchs Leben, wie geht's denn so, Alter? Ich glaubte, den Verstand zu verlieren, verharrte aber an der Absperrung zwischen Gehweg und Müllkippe, in den das Delta sich verwandelt hatte (wobei es sich auch umgekehrt verhalten könnte: Die Müllkippe mochte so gewachsen sein, dass sie schließlich zum Delta geworden war). Die Ratte warf mir einen letzten Blick zu, aus dem Augenwinkel, würde ich sagen, das zutiefst demütige Lächeln umspielte noch immer ihre Schnauze, und folgte dann ihrer Kollegin flussabwärts, wobei sie weniger energische als mutwillige (und keineswegs ungraziöse, würdevolle Gelassenheit ausstrahlende) Hüpfer vollführte. Am anderen Ende einer staubigen, von einigen mickrigen Apfel- und Mispelbäumen bestandenen Straße befand sich das Haus, dessen Adresse auf meinem Zettel stand. Von hinten, aus einer zur Werkstatt umfunktionierten Garage, kamen hämmernde und sägende Geräusche. Das Haus wirkte verlassen: Die zugezogenen Gardinen, das Unkraut im Garten und ein allgemeiner Eindruck von Verwahrlosung schienen darauf hinzudeuten. Ich klingelte, und ein Mann streckte den Kopf aus dem offenen Garagentor. Sie wünschen? Ich suche den Dichter Nicanor Parra, sagte ich. Kommen Sie rein, sagte er. Er saß auf einer Bank aus Korb und stand nicht einmal auf, als er mich hereinbat, sondern kippte sie nur auf die Vorderbeine. Als ich durch das Garagentor trat, schaute er mich von oben bis unten an und sagte, hier wohne kein Dichter, aber wenn ich wolle, könne er mir ein paar kurze Verse vortragen. Er war um die fünfzig, hatte halblanges, ergrautes Haar und wirkte wie eine Mischung aus Zuhälter und Bänkelsänger. Ich zeigte ihm den Zettel mit der Adresse. Er las ihn mehrmals und sagte, nein, die Adresse sei falsch. Aber hat Nicanor Parra früher hier gewohnt?, fragte ich. Hier im Viertel hat mal ein Dichter gewohnt, aber ob das Parra war, kann ich nicht sagen. Wollen Sie einen Schluck Wein, junger Freund, oder sind Sie für so was noch zu jung? Ich willigte ein, vor allem, um die Rückkehr ins Zentrum von Santiago etwas hinauszuzögern, die ich mir kompliziert und öde ausmalte. Und Sie, was machen Sie?, fragte ich und setzte mich auf eine andere Korbbank. Gitarren, sagte er. Ich baue Gitarren, allerdings keine besonders guten, warum es nicht offen sagen. Verkaufen sie sich denn gut? Nicht besonders, aber geht so. Eine Weile schwiegen wir beide, während er an einem unförmigen – oder mir, der ich nichts von Gitarren verstand, unförmig vorkommenden – Stück Holz herumfeilte. In ein paar Tagen ziehe ich nach Mexiko, sagte ich. Klar, sagte er, auf der Suche nach neuen Horizonten, stimmt's? Ja, sagte ich. Hier haben die Dinge allmählich Ameisenfarbe, obwohl die Dinge in Mexiko, ich will nicht sagen schlecht, aber auch nicht viel besser sein dürften, oder? Mein Vater ist Mexikaner, sagte ich. Feine Sache, einen Vater zu haben, sagte er, stoßen wir darauf an. Wir ließen die Gläser klingen. Auf die Papas, sagte er, wo sie auch sein mögen. Ich machte eine

Kopfbewegung, die Ungläubigkeit ausdrücken sollte; wie um zu sagen: Guter Witz, aber das zu glauben liegt mir fern. Und Sie wohnen hier? Nein, sagte er, hier habe ich nur meine Werkstatt, die mir ein Freund für kleines Geld überlassen hat, aber wohnen tue ich auf der anderen Seite vom Fluss. Dem Fluss Lo Paigüe?, sagte ich. Ebendem, sagte er, in der Avenida Manuel Rodríguez, Nummer 353, zu Ihren Diensten. Ich habe im Süden gewohnt, sagte ich, ohne zu wissen, warum. Und welche Gründe, wenn man fragen darf, haben Sie dazu bewogen, sich vom Dichter Parra verabschieden zu wollen?, fragte er. Kein besonderer Grund, sagte ich, ich bin auch Dichter und fand … Mensch!, sagte er, ein Dichter, ja dann werde ich Ihnen die besagten kurzen Verse vortragen, mal sehen, was Sie davon halten. Ich schwieg und wartete ab. Der Mann griff nach einer Gitarre, um sich zu begleiten, und fing an. Er hatte eine versoffene, aber warme Stimme.

Als Demutskönigin
Mit alten Cowboyho
und langen Christushaa
das Messer in der Ta
schlecht tätowierter Ro
fand ich mich in der Mi
meines verkorksten Le
als du darin auftauch
Bordsteinblume Kaktusblü
und halfst mir auf die Bei
Als Demutskönigin

Schön, sagte ich und betrachtete durch das Garagentor die ziehenden Wolken. Ja, nicht schlecht, bestätigte der Mann, ich hab's vor rund drei Monaten verfasst, in der Spelunke der Dicken Martínez. Und nach einem versonnenen Schweigen fügte er hinzu: Da machen sie dir ein *chancho en piedra,* das ist zum Niederknien. Dann erzählte der Gitarrenbauer von Reisen ins Innere von Chile, die sich wie Reisen in ferne, exotische Länder anhörten, von Sängern, Zuhältern und Nutten. Aber ich komme immer wieder in die Werkstatt zurück, schloss er. Bevor ich ging, trug er mir noch eines seiner Gedichte vor:

Tempus fugit, Herzallerlieb
sagte der Alte zu seiner Al
als beide so am Abgrund sa
wenn der Tag sich will nei
und bruchstückhafte Erinnerun
uns erneut in den Sinn kom
bruchstückhafte Fotografi
von so viel einst Gelieb
verbrannt das splitternackte Le
der Himmel in Fetzen geklei

Später begleitete er mich bis zur Hauptstraße und zeigte mir, welche Richtung ich einschlagen musste, um eine Bushaltestelle zu finden. Wir gaben uns die Hand, und ich ging. Auf einer Anhöhe sah ich zwei Kinder mit einem Metallreifen spielen. Ich dachte, wenn ich wie ein dressiertes Schwein durch den Reifen spränge, würde ich in einer anderen Dimension landen. Am Abend erzählte ich Mónica alles, was mir passiert war, und gab ihr das Buch von Rilke zurück. Am nächsten Tag gingen wir ins Kino, zusammen mit meiner Großmutter, die nach Santiago gekommen war, um sich von uns zu verabschieden, und bis zum Tag unserer Abreise, der im ersten Anlauf gescheiterten und im zweiten erfolgreichen Abreise, in der Wohnung von Verwandten wohnte, wobei ich nicht eher glaubte, dass wir das

Land würden verlassen können, als bis ich das Flugzeug abheben sah. Die folgenden Erinnerungen sind verworren, ich glaube, ich schrieb Mónica einen Brief (von Gedicht zu sprechen, würde ich nicht wagen), den ich später vernichtete, ich bekam meinen ersten Reisepass, ins Kino gingen wir noch öfters.

Und schon sind wir wieder am Flughafen, und man führt meine Mutter, mühsam gefolgt von meiner Schwester und mir, die wir uns an Koffern abschleppen, die wir als Handgepäck auszugeben versuchen, in die Diensträume von Interpol. Und ich erinnere mich, dass uns alle ansahen und dass ich in dem Moment, als ich mir dessen bewusst wurde, zwei Dinge dachte: Zum einen, dass ich, wäre ich im Besitz des Gewehrs gewesen (jenes Gewehrs, das auf wundersame Weise in unserem Haus gelandet war und von dem ich jetzt glaube, dass es einem Liebhaber meiner Mutter gehörte), auf die Polizisten geschossen und danach den Flughafen in Brand gesteckt hätte; zum anderen, dass man uns niemals aus Chile fortgehen lassen würde, es folglich mein Schicksal sein würde, niemals sehen zu können und stattdessen angesehen zu werden. Und dann schlug sich meine Mutter (verbal) mit den Polizisten herum, und wenn sie Angst hatte, festgenommen zu werden, so vermochte sie das meisterlich zu verbergen, kaltblütig beleidigte sie einen Vertreter jener Breiten, die wir schon verlassen hatten, mit der Eleganz und Überheblichkeit derer, die von Flugzeug zu Flugzeug leben (das Wort *Jet-Set* begann sich in den Zeitschriften, die sie las, eben durchzusetzen), von Hauptstadt zu Großstadt. Einen Augenblick später erhob sie die Stimme einer Frau in Bedrängnis und wollte, dass man ihr einen Gefallen tat, aber von Gleich zu Gleich. Dann flehte sie sogar, man solle sie gehen lassen, der Vater ihrer Kinder warte auf sie und sei jemand, der schon aus geringerem Anlass zu kopflosen Handlungen neige. Aber es nützte alles nichts, und wir konnten in dieser Nacht nicht fliegen (meine Mutter hatte irgendwo eine offene Rechnung, das war alles), und wir fuhren, als der Schreck vorbei war, zurück zur Wohnung der Schwestern Vargas, mit meiner Großmutter (die in dieser Nacht dort blieb), mit Rebeca Vargas, die meine dem Nervenzusammenbruch nahe Mutter so freundinnenhaft tröstete, und mit noch ein oder zwei anderen Leuten, an die ich mich nicht mehr erinnere. In der Wohnung trafen wir auf Mónica, die Abschiede nicht mochte und sicher Besseres vorhatte, als ein paar Hinterwäldler aus dem Süden zum Flughafen zu begleiten, die sie womöglich nie wiedersehen würde, und der wir die ganze Geschichte noch einmal erzählen sollten; dennoch war die Nacht trotz des lachenden Endes eine traurige Nacht oder weniger traurig als schwarz, bedrückend, schlaflos. Und als alle schon im Bett lagen, blieb ich draußen auf dem Balkon, im bloßen Hemd, starr vor Kälte, Parras Buch unaufgeschlagen in den Händen. Und als schon alles verloren schien, bekam meine Mutter einen asthmatischen Anfall.

2. Der Wurm

Wie ein weißer Wurm sah er aus, mit seinem Strohhut und der an der Unterlippe hängenden Bali. Morgen für Morgen sah ich ihn auf einer Bank in der Alameda sitzen, während ich in der Librería de Cristal abtauchte und in Büchern blätterte, und wenn ich aufschaute, durch die Wände der Buchhandlung, die, wie ihr Name schon sagt, aus Glas bestanden, dann saß er da, ganz still, und starrte ins Leere.

Vermutlich hatten wir uns mit der Zeit aneinander gewöhnt. Ich kam morgens um halb neun, und er war schon da, saß auf einer Bank und tat nichts außer rauchen und die Augen offen halten. Nie sah ich ihn mit einer Zeitung, einem Sandwich, einem Bier in der Hand. Einmal, als ich von den Regalen mit französischer Literatur zu ihm hinüberschaute, überlegte ich, ob er womöglich in der Alameda schlief, auf einer Bank, oder in einem Hauseingang in einer der angrenzenden Straßen, dachte dann aber, dass er für jemanden, der auf der Straße lebte, zu gepflegt aussah und sicherlich in irgendeiner nahe gelegenen Pension wohnte. Er war, stellte ich fest, ein Gewohnheitsmensch, so wie ich. Meine Gewohnheit bestand darin, früh aufzustehen, mit meiner Mutter, meinem Vater und meiner Schwester zu frühstücken, so zu tun, als ginge ich in die Schule, und einen Bus in die Innenstadt zu nehmen, wo ich die erste Hälfte des Vormittags mit Büchern und Spaziergängen verbrachte, die zweite mit Kino und Sex.

Meine Bücher kaufte ich für gewöhnlich in der Librería de Cristal und in der Librería del Sótano. Wenn ich wenig Geld hatte, in der Ersteren, wo es immer einen Tisch mit Sonderangeboten gab, wenn ich genug hatte, in der Letzteren, wenn ich keins hatte, klaute ich sie in der Regel mal in der einen, mal in der anderen oder ließ mit Vorbedacht ein oder zwei zwischen Schulbüchern versteckt mitgehen. Aber ganz gleich, wie die Dinge lagen, an der Librería de Cristal und der Librería del Sótano (die sich gegenüber der Alameda und, wie ihr Name schon sagt, im Souterrain befand) führte kein Weg vorbei. Manchmal kam ich schon vor Ladenöffnung an, dann hielt ich Ausschau nach einem der Straßenverkäufer, kaufte mir eine Torta mit Schinken und einen Mangosaft und wartete. Manchmal – nach meinem prächtigen Frühstück – schrieb ich auch. Das alles dauerte bis gegen zehn, zu welcher Zeit in einigen Kinos der Innenstadt die ersten Vorführungen anliefen. Ich suchte nach europäischen Filmen, aber an manchen umtriebigen Vormittagen war ich auch dem neuen mexikanischen Kino nicht abgeneigt.

Der, den ich am häufigsten sah, war, glaube ich, ein französischer Film. Zwei Mädchen leben allein in einem einsamen Haus. Die Blonde ist von ihrem Freund verlassen worden und leidet zusätzlich (will sagen, zusätzlich zu ihrem Liebeskummer) unter Identitätsproblemen: Sie fürchtet, sich allmählich in ihre Mitbewohnerin zu verlieben. Die Rothaarige ist jünger, unschuldiger, leichtsinniger; mit anderen Worten glücklicher (obwohl ich damals auch jung, unschuldig und leichtsinnig war und mich gleichzeitig für todunglücklich hielt). Eines Tages dringt ein flüchtiger Verbrecher in ihr Haus ein und nimmt sie als Geiseln. Interessanterweise findet der Einbruch ausgerechnet in der Nacht statt, in der die Blonde beschlossen hat, mit der Rothaarigen zu schlafen und sich anschließend umzubringen. Der Ausbrecher steigt durch ein Fenster ein, schleicht mit gezücktem Messer leise durchs Haus, kommt zum Zimmer der Rothaarigen, überwältigt sie, fesselt sie, verhört sie, fragt, wie viele Personen noch im Haus wohnen, worauf die Rothaarige sagt, nur sie und die Blonde, knebelt sie. Aber die Blonde ist nicht in ihrem Zimmer, und der Ausbrecher durchsucht das Haus, wird von Minute zu Minute nervöser, bis er sie schließlich im Keller findet, bewusstlos auf dem Boden hingestreckt, mit untrüglichen Anzeichen, sich die ganze Hausapotheke einverleibt zu haben. Der Ausbrecher ist kein Mörder, schon gar kein Frauenmörder, und rettet die Blonde: Er bringt sie dazu, sich zu übergeben, kocht ihr einen Liter Kaffee etc. Die Tage vergehen, und die Frauen und der Ausbrecher kommen sich allmählich näher. Der Mann erzählt ihnen seine Geschichte: Er ist ein ehemaliger Häftling, ein ehemaliger Bankräuber, seine Frau hat ihn verlassen. Die jungen Frauen sind Varietékünstlerinnen, und eines Abends oder eines Nachts, man weiß es nicht, sie leben bei geschlossenen Vorhängen, geben sie ihm eine Vorstellung: Die Blonde schlüpft in ein prächtiges Bärenkostüm, und die Rothaarige mimt eine Tierbändigerin. Anfangs gehorcht der Bär noch, dann wird er widerspenstig, und nach und nach reißt er der Rothaarigen mit seinen Krallen die Kleider vom Leib. Schließlich, schon splitternackt, sinkt sie besiegt zu Boden, und der Bär stürzt sich auf sie. Nein, er tötet sie nicht, er besteigt sie. Und dann kommt das Interessanteste: Nachdem er die Vorstellung gesehen hat, verliebt sich der Ausbrecher nicht in die Rothaarige, sondern in die Blonde, also in den Bären. Das Ende ist vorhersehbar, aber nicht ohne poetischen Reiz: In einer Regennacht fliehen die Blonde und der Ausbrecher – der zuvor noch zwei seiner ehemaligen Kumpane umgebracht hat – mit unbekanntem Ziel, während die Rothaarige dableibt, lesend in einem Sessel sitzend, um ihnen einen Vorsprung zu geben, bevor sie die Polizei ruft. Das Buch, das die Rothaarige liest, bemerkte ich, als ich mir den Film zum dritten Mal anschaute, ist *Der Fall* von Camus. Ich sah auch einige mexikanische Streifen in ungefähr dem gleichen Stil: Schöne Frauen, die von Verbrechertypen verschleppt wurden, Galgenvögel auf der Flucht vor dem Gesetz, die reiche junge Damen entführten und nach einer heißen Liebesnacht im Kugelhagel starben, hübsche Hausangestellte, die sich von ganz unten hocharbeiteten und die Gipfelregionen der Macht und des Reichtums erklommen. Fast alle mexikanischen Filme, die damals gedreht wurden, waren Erotik-Thriller, obwohl auch erotische Horrorfilme oder erotische Komödien vorkamen. Erstere folgten der klassischen Linie des in den Fünfzigern etablierten mexikanischen Horrors, der ein so fester Bestandteil der Kultur meines neuen Landes war wie die muralistische Schule und als dessen Ikonen sich der Heilige, der verrückte Wissenschaftler, die Vampirreiter und die verfolgte Unschuld abwechselten, mit neuzeitlichen Nackten (vorzugsweise unbekannten Schauspielerinnen aus den USA und Europa sowie der einen oder anderen Argentinierin), expliziten Sexszenen und einer an heillose Lächerlichkeit grenzende Grausamkeit als Dreingabe. Die erotischen Komödien mochte ich nicht.

Eines Morgens, als ich in der Librería del Sótano nach einem Buch suchte, sah ich, dass man drüben in der Alameda eine Filmszene drehte, und ging hin, um zu spionieren. Ich erkannte Jacqueline Andere. Es war das erste Mal, dass ich eines meiner Leinwandidole persönlich zu Gesicht bekam. Wenn ich ins Kino ging, setzte ich mich für gewöhnlich in die vordersten Reihen und schlug die Beine übereinander. Mit der Linken rieb ich meinen Schwanz, bis ich zum Orgasmus kam. Das Problem bestand nur darin, meine Orgasmen mit den besten Szenen des Films kurzzuschließen, was nicht weiter schwer war, wenn ich einen Film zum zweiten oder dritten Mal sah, beim ersten Mal aber eine heikle Angelegenheit sein konnte. Als ich zum Beispiel *Barbarella* sah, kam ich bei der erstbesten Gelegenheit (der Striptease-Szene im Raumschiff), und in *Crímenes pasionales*, wo eine Schauspielerin aus der Generation von Jacqueline Andere die Hauptrolle spielt, wunderschön, eine meiner Favoritinnen, deren Namen ich leider vergessen habe, hielt ich meinen Orgasmus so lange zurück, dass es mir erst kam, als schon der Abspann lief. Meine unermüdlichen Kinobesuche verliehen mir mit der Zeit eine solche Fertigkeit, dass ich zu einem Experten des zeremoniellen Masturbierens, der reglosen Orgasmen (versteinerte Miene, höchstens, dass mir ein Schweißtropfen über die Wange rann), der präzisen Bewegungen und einer mir heute unglaublich scheinenden Ökonomie der linken Hand wurde. Aber kurz und gut, an jenem Morgen sah ich Jacqueline Andere, und mir schoss der dumme Gedanke durch den Kopf, sie um ein Autogramm zu bitten, keine Ahnung, warum, Autogramme haben mich nie interessiert. Als man die Szene im Kasten hatte, näherte ich mich ihr (erstaunt, wie klein sie war, nicht einmal ihre hochhackigen Schuhe vermochten das zu kaschieren) und fragte sie, ob ich ein Autogramm von ihr bekommen könne. Es war eine meiner leichtesten Übungen. Niemand hielt mich auf, niemand trat zwischen mich und Jacqueline, niemand fragte mich, was ich hier zu suchen hätte. Für einen Moment dachte ich, ich hätte sie entführen können. Bei dem bloßen Gedanken stellten sich mir die Nackenhaare auf. Die Szene bestand darin, dass Jacqueline einen der Wege der Alameda entlangging. Als sie fertig war, blieb sie einen Moment stehen, als hätte sie etwas gehört, obwohl keiner der Filmleute etwas zu ihr gesagt hatte, und ging dann weiter in Richtung Palacio de Bellas Artes, wo ich Jahre später eine katastrophale Dichterlesung geben sollte (katastrophal wegen dem, was während und danach geschah), und das Einzige, was ich tun musste, war, ihr entgegenzugehen. Als sich unsere Wege kreuzten, fragte ich, ob ich ein Autogramm von ihr bekommen könne. Sie sah mich von unten bis oben an, das blonde Haar mit einem Ascheton, den ich nicht kannte (sie hatte es sich möglicherweise gefärbt), die mandelförmigen braunen

Augen sehr groß und sanft, obwohl nein, sanft ist nicht das richtige Wort: ruhig, von einer so unglaublichen Ruhe, als stünde sie unter Drogen oder hätte ein Enzephalogramm wie ein Strich oder wäre eine Außerirdische, und sagte dann etwas, das ich nicht verstand.

Den Füller, sagte sie, den Füller zum Unterschreiben.

Ich suchte in meinen Jackentaschen nach einem Stift und ließ sie ihr Autogramm auf die erste Seite von Camus' *Der Fall* setzen. Gehst du zur Schule?, fragte sie. Ja, sagte ich. Was machst du dann hier, statt im Unterricht zu sitzen? Ihre Stimme hatte keinen aggressiven Ton, sie wollte sich auch nicht aufspielen, sie stellte nur fest. Manchmal nehme ich mir einen Morgen frei, sagte ich. In Wirklichkeit nahm ich mir seit Monaten jeden Morgen frei und wusste, obwohl ich das Problem lieber vor mir herschob, dass ich meinen Eltern irgendwann sagen musste, dass ich nicht mehr zur Schule gehen würde. Sie fragte nach meinem Namen. Gut, unterschreiben wir also, sagte sie dann. Anschließend lächelte sie mich an, gab mir die Hand (eine kleine, feingliedrige Hand) und ging durch die Alameda davon, allein. Ich blieb stehen, schaute ihr nach, in rund fünfzig Meter Entfernung näherten sich ihr zwei Frauen, die wie Missionsschwestern aussahen, zwei in Afrika missionierende mexikanische Nonnen, während Jacqueline unter einem Ahuehuete stehen geblieben war, und dann gingen alle drei in Richtung Bellas Artes.

Auf der ersten Seite von *Der Fall* hatte Jacqueline geschrieben: Für Arturo Belano, Schüler auf freiem Fuß, mit einem Kuss von Jacqueline Andere. Als ich das las, musste ich unweigerlich lachen. Auf einen Schlag hatte ich die Lust an Buchhandlungen verloren, die Lust am Herumschlendern, die Lust am Lesen, die Lust an morgendlichen Kinovorstellungen (vor allem die Lust an morgendlichen Kinovorstellungen). Der Bug einer riesigen Wolke hatte sich über die Innenstadt von Mexiko geschoben, im Norden der Stadt hallten die ersten Donnerschläge, und einige Blitze zuckten über den Himmel. Auf einmal verstand ich, dass die Dreharbeiten wegen des herannahenden Gewitters unterbrochen worden waren, fühlte mich sehr allein, hatte für einen Moment sogar Angst und das unbändige Bedürfnis, zu Hause zu sein. Da grüßte mich der Wurm. Ich nehme an, auch er war nach all den Tagen auf mich aufmerksam geworden. Ich drehte mich um, und da saß er, auf derselben Bank wie immer, überdeutlich, völlig wirklich, mit Strohhut und weißem Hemd. Nach dem Abzug der Filmleute war es, wie ich erschrocken feststellte, als hätte sich das Meer geteilt und als könnte ich jetzt den Meeresgrund sehen. Die leere Alameda war der Meeresgrund, und der Wurm sein kostbarstes Juwel. Ich grüßte ihn, machte sicher irgendeine banale Bemerkung, gemeinsam verließen wir die Alameda und steuerten die Gegend um das Theater Blanquita an.

Die folgenden Ereignisse sind verschwommen und zugleich gestochen scharf, von einer extremen Selbstverständlichkeit. Die Bar hieß Las Camelias. Ich bestellte Enchiladas und ein TKT, der Wurm eine Coca-Cola, und später (aber auf keinen Fall viel später) kaufte er sich noch bei einem Straßenhändler zwei Schildkröteneier. Wir sprachen über Jacqueline Andere. Wie ich sogleich verwundert feststellte, wusste er nicht, dass sie eine Filmschauspielerin war. Ich machte ihn darauf aufmerksam, dass sie hier gerade einen Film drehte, aber der Wurm erinnerte sich einfach weder an die Filmleute noch an die für den Dreh aufgebauten Gerätschaften. Dann hörte es auf zu regnen, und der Wurm zog ein Bündel Scheine aus der Gesäßtasche, bezahlte und ging.

Am nächsten Tag sahen wir uns wieder. Er machte ein Gesicht, als würde er mich nicht wiedererkennen oder wolle mich nicht grüßen. Jedenfalls glaubte ich, ich sei ihm noch etwas schuldig, und näherte mich ihm. Er schien zu schlafen, obwohl er die Augen offen hatte. Er war mager, doch sein Fleisch, Arme und Beine ausgenommen, wirkte weich, geradezu schlaff. Seine Magerkeit war eher moralischer als physischer Art. Seine Knochen waren klein und kräftig. Bald erfuhr ich, dass er aus dem Norden kam oder lange dort gelebt hatte, was auf dasselbe hinausläuft. Ich bin aus Sonora, sagte er. Ich wurde hellhörig, denn mein Großvater stammte auch aus Sonora. Das interessierte den Wurm, und er wollte wissen, woher in Sonora. Aus Santa Teresa, sagte ich. Ich aus Villaviciosa, sagte der Wurm. Am Abend fragte ich meinen Vater, ob er Villaviciosa kenne. Klar doch, sagte er, Villaviciosa, das liegt nur ein paar Kilometer von Santa Teresa entfernt. Ich bat ihn, es mir zu beschreiben. Es ist ein kleines Dorf, sagte mein Vater, von höchstens tausend Einwohnern (später erfuhr ich, dass es kaum fünfhundert waren), ziemlich arm, bietet wenig zum Leben, hat keine Industrie. Es wird eines Tages verschwinden. Wie, verschwinden?, fragte ich. Durch Auswanderung, sagte mein Vater, die Leute gehen in Städte wie Santa Teresa oder Hermosillo oder in die Vereinigten Staaten. Als ich dem Wurm das erzählte, war er nicht dieser Meinung, obwohl die Formulierung »einer Meinung sein« oder »geteilter Meinung sein« für ihn im Grunde keinerlei Bedeutung hatte; der Wurm stritt nie, äußerte auch keine Ansichten, war kein Musterbeispiel für den Respekt anderen gegenüber, er hörte zu und registrierte, vielleicht hörte er auch zu und vergaß gleich wieder, auf einer Umlaufbahn gefangen, die sich von der anderer Menschen unterschied. Seine Stimme klang sanft und eintönig, obwohl er manchmal laut wurde und dann wie jemand klang, der verrückt war oder einen Verrückten nachahmte, wobei ich nie verstand, ob das in seiner Absicht lag, Teil eines Spiels war, das nur er verstand, oder ob er es einfach nicht unterdrücken konnte und die stimmlichen Entgleisungen Teil seiner Hölle waren. Seine Zuversicht in das Fortbestehen von Villaviciosa gründete sich auf das

Alter des Dorfes; außerdem, was ich aber erst später begriff, auf die prekären Verhältnisse, die es gefangen hielten und an ihm fraßen, ausgerechnet auf das also, was meinem Vater zufolge seine Existenz bedrohte. Er war kein neugieriger Mensch, dennoch gab es wenig, was seiner Aufmerksamkeit entging. Einmal schaute er sich meine Bücher an, eins nach dem anderen, als fiele ihm das Lesen schwer. Danach interessierte er sich nie wieder für meine Bücher, obwohl ich jeden Morgen mit einem neuen auftauchte. Manchmal, vielleicht weil er mich für jemanden vom Land hielt, sprachen wir über Sonora, das ich kaum kannte: Ich war nur einmal dort gewesen, zur Beerdigung meines Großvaters. Er erwähnte Dörfer wie Nacozari, Bacoache, Fronteras, Villa Hidalgo, Bacerac, Bavispe, Agua Prieta, Naco, die für mich geradezu die Eigenschaften von Gold hatten. Er erwähnte Ortschaften in den Landkreisen Nacori Chico und Bacadéhuachi, an der Grenze zum Bundesstaat Chihuahua, und dann hielt er sich die Hand vors Gesicht, als müsse er niesen oder gähnen. Er schien in allen Bergen gewandert zu sein und übernachtet zu haben: in denen von Las Palomas und La Cieneguita, in der Sierra Guijas und der Sierra La Madera, in der Sierra San Antonio und der Cierra Cibuta, in der Sierra Tumacacori und der weit nach Arizona hineinreichenden Sierra Sierrita, in der Sierra Cuevas und der Sierra Ochitahueca im Nordosten, an der Grenze zu Chihuahua, in der Sierra La Pola und der Sierra Las Tablas im Süden, nach Sinaloa zu, in der Sierra La Gloria und der Sierra El Pinacate in nordwestlicher Richtung, schon auf dem Weg nach Baja California. Er kannte ganz Sonora, von Huatabampo und Empalme an der Küste des Golfs von Kalifornien bis zu den gottverlassenen Käffern in der Wüsten- oder Bergregion an der Grenze zu Arizona. Er beherrschte die Sprachen Yaqui und Pápago (die im Grenzgebiet zwischen Sonora und Arizona gebräuchlich waren) und verstand Pima, Seri, Mayo und Englisch. Sein Spanisch war einsilbig, wirkte gelegentlich ein wenig aufgesetzt, ein Eindruck, den seine Augen Lügen straften.

Das Land deines Großvaters, er ruhe in Frieden, sagte er einmal, habe ich durchstreift wie ein körperloser Schatten.

Wir trafen uns jeden Morgen. Manchmal versuchte ich, Zerstreutheit vorzuschützen, vielleicht meine einsamen Spaziergänge wiederaufzunehmen, meine vormittäglichen Kinobesuche, aber er war immer da, saß auf seiner Bank in der Alameda, ganz still, eine Bali zwischen den Lippen, den Strohhut tief in die Stirn gezogen (die Stirn eines weißen Wurms), und es war unvermeidlich, dass ich ihn auf meinen Tauchgängen in die Regalwelt der Glasbuchhandlung dort sitzen sah, ihn eine Weile betrachtete und mich schließlich zu ihm gesellte und neben ihn setzte.

Ich entdeckte schon bald, dass der Wurm immer eine Waffe trug. Anfangs dachte ich, er sei vielleicht Polizist oder verfolge jemanden, aber es war offensichtlich, dass er keiner war (zumindest nicht mehr), und selten habe ich jemanden gesehen, der sich so wenig um andere Leute scherte: Nie schaute er sich um, nie schaute er zur Seite, selten auf den Boden. Als ich ihn fragte, warum er eine Waffe trüge, antwortete der Wurm, aus Gewohnheit, und ich glaubte ihm sofort. Er hatte sie sich zwischen Gürtel und Rücken geschoben. Hast du sie oft benutzt?, fragte ich. Ja, oft, sagte er wie im Traum. Tagelang dachte ich an nichts anderes als an die Waffe des Wurms. Ich hatte ein komisches Gefühl dabei, auf einer Bank in der Alameda zu sitzen und mit einem bewaffneten Mann zu plaudern (zu monologisieren), nicht weil er mir etwas hätte antun können, denn vom ersten Moment an wusste ich, dass der Wurm und ich für immer Freunde waren, sondern aus Furcht vor der Polizei von DF, aus Angst, sie könnten uns filzen und die Waffe des Wurms entdecken und wir würden in den Arrestzellen eines Kommissariats landen.

Eines Morgens wurde er krank und erzählte mir von Villaviciosa. Ich hatte ihn von der Glasbuchhandlung aus beobachtet, und er schien auszusehen wie immer, aber als ich zu ihm ging, fiel mir auf, dass sein Hemd verknittert war, als hätte er darin geschlafen, und als ich mich neben ihn setzte, bemerkte ich, dass er pausenlos zitterte. Du hast Fieber, sagte ich, du gehörst ins Bett. Ungeachtet seiner Proteste begleitete ich ihn zu der Pension, in der er wohnte. Leg dich hin, sagte ich. Der Wurm zog sein Hemd aus, schob die Pistole unter das Kopfkissen und schien auf der Stelle einzuschlafen, allerdings mit offenen Augen, die zur Decke starrten. Im Zimmer standen ein schmales Bett, ein Nachttisch und ein klappriger Kleiderschrank. Im Schrank lagen drei sauber gefaltete weiße Hemden und an Bügeln hingen zwei ebenfalls weiße Hosen. Unter dem Bett erspähte ich einen sehr edlen Lederkoffer mit einem Schloss wie von einem Safe. Ich sah keine einzige Zeitung, keinerlei Zeitschriften. Es roch nach Desinfektionsmittel. Gib mir Geld, damit ich dir etwas aus der Apotheke holen kann, sagte ich. Er gab mir ein Bündel Scheine, das er aus der Hosentasche zog, dann lag er wieder still. Von Zeit zu Zeit wurde er von Kopf bis Fuß von einem Schüttelfrost gepackt, dass ich schon dachte, es ginge mit ihm zu Ende. Ich überlegte kurz, ob es nicht das Beste wäre, einen Arzt zu rufen, aber ich begriff, dass ihm das nicht gefallen würde. Als ich mit Medikamenten und mehreren Flaschen Coca-Cola beladen wiederkam, schlief er. Als er erwachte, verabreichte ich ihm eine Pferdedosis Antibiotika und fiebersenkende Mittel. Dann gab ich ihm einen halben Liter Coca-Cola zu trinken. Ich hatte auch einen Pancake gekauft, den ich ihm auf den Nachttisch legte, für den Fall, dass er später Hunger bekäme. Als ich schon gehen wollte, öffnete er die Augen und begann von Villaviciosa zu erzählen.

Für seine Verhältnisse geizte er nicht mit Einzelheiten. Er sagte, das Dorf habe höchstens sechzig Häuser, zwei Kneipen und einen Lebensmittelladen. Die Häuser, sagte er, bestünden aus Lehmziegeln, einige Höfe seien betoniert. Das Dorf, sagte er, sei zwei- bis dreitausend Jahre alt und seine Bewohner arbeiteten als Auftragsmörder und Wachleute. Am Dorf vorbei fließe ein Fluss, sagte er, der wegen der Farbe seines Wassers Río Negro heiße, und wo er an den Friedhof grenze, bilde er ein Delta, das von der trockenen Erde vollständig aufgesaugt werde. Die Leute, sagte er, würden manchmal lange dastehen und den Horizont betrachten, die Sonne, die hinter dem Gebirgszug El Lagarto unterging, und dass der Horizont fleischfarben sei wie der Rücken eines Sterbenden. Und was, erwarten sie, soll dort erscheinen?, fragte ich. Keine Ahnung, sagte er. Dann sagte er: Eine Rute. Und dann: Vielleicht der Wind und der Staub. Danach schien er sich zu beruhigen, und nach einer Weile glaubte ich, er sei eingeschlafen. Ich komme morgen wieder, flüsterte ich. Nimm deine Medizin und bleib im Bett. Bevor ich am nächsten Morgen zu ihm in die Pension ging, machte ich wie üblich einen kurzen Abstecher in die Glasbuchhandlung. Als ich gerade aufbrechen wollte und einen Blick durch die Fensterfront warf, sah ich ihn. Er saß auf derselben Bank wie immer, in einem sauberen, weiten, weißen Hemd und makellos weißen Hosen, mit seinem Strohhut und der an der Unterlippe hängenden Bali. Er schaute vor sich hin, wie es seine Art war, und schien wieder gesund. Als wir uns an diesem Mittag trennten, reichte er mir mit mürrischer Miene mehrere Scheine und sagte etwas von Unannehmlichkeiten, die ich am gestrigen Tag gehabt hätte. Es war viel Geld. Ich sagte ihm, er schulde mir nichts, ich hätte für jeden Freund dasselbe getan. Der Wurm bestand darauf, dass ich das Geld annähme. So kannst du dir ein paar Bücher kaufen, sagte er. Ich habe viele Bücher, erwiderte ich. Dann kannst du ein paar Tage aufhören, Bücher zu klauen, sagte er. Schließlich nahm ich das Geld. Seither ist viel Zeit vergangen, ich erinnere mich nicht mehr, wie viel es war, der mexikanische Peso wurde oft abgewertet. Ich erinnere mich nur, dass ich mir davon zwanzig Bücher und zwei Schallplatten kaufen konnte.

Er erzählte mir nie wieder von Villaviciosa. Anderthalb Monate lang, vielleicht auch zwei, sahen wir uns jeden Morgen und gingen mittags wieder auseinander, wenn Essenszeit war und ich im Schulbus oder Sammeltaxi nach Hause fuhr. Gelegentlich lud ich ihn zum Kino ein, aber der Wurm hatte nie Lust mitzukommen. Es machte ihm Spaß, in der Alameda mit mir zu plaudern oder durch die Straßen der Umgebung zu schlendern, und hin und wieder willigte er ein, in eine Bar zu gehen, wo er immer nach dem Händler mit den Schildkröteneiern Ausschau hielt. Nie sah ich ihn einen einzigen Tropfen Alkohol trinken. Wenige Tage bevor er für immer verschwand, wollte er plötzlich, dass ich ihm von Jacqueline Andere erzähle. Ich verstand, dass das seine Art war, sich an sie zu erinnern. Ich sprach von ihrem aschblonden Haar und zog einen günstigen oder ungünstigen Vergleich zum Honigblond ihrer Haare in ihren Filmen, und der Wurm nickte leicht, wobei er unverwandt vor sich hin starrte, als sähe er sie zum ersten Mal. Einmal fragte ich ihn, welche Sorte Frauen ihm gefiele. Eine bescheuerte Frage aus dem Mund eines Jugendlichen, der sich nur die Zeit vertreiben wollte. Aber der Wurm nahm sie ernst und nahm sich für seine Antwort viel Zeit. Schließlich sagt er: Die stillen. Und fügte dann hinzu: Aber nur die Toten sind still. Und nach einer Weile: Und nicht einmal die, wenn man es recht bedenkt.

Eines Morgens schenkte er mir ein Klappmesser. Auf dem aus einem Knochen geschnitzten Heft stand in eingelassenen Buchstaben aus Neusilber das Wort *Caborca*. Ich weiß noch, dass ich mich überschwänglich bei ihm bedankte und das Messer, während wir in der Alameda plauderten oder durch das Straßenkonglomerat des Zentrums schlenderten, ständig auf- und zuklappte, den Griff bewunderte, es auf der Handfläche wog, begeistert von seinen perfekten Proportionen, zum Schrecken einiger Passanten, die beim Anblick des Messers zur Seite wichen, weil sie bei mir irgendeine arglistige Absicht vermuteten, die mir völlig fernlag. Ansonsten war es ein Tag wie alle anderen. Am nächsten Morgen war der Wurm nicht mehr da.

Zwei Tage später ging ich zu seiner Pension, um nach ihm zu suchen, und man sagte mir, er sei zurück in den Norden gegangen. Ich habe ihn nie wiedergesehen.

3. Die Reise

Dora Montes schiffte sich auf der *Donizetti* ein, zusammen mit rund zwanzig weiteren Personen, darunter auch ich. Der Name des Hafens, in dem wir an Bord des Schiffes gingen, klang wie ein Witz oder wie Nonsens. Nonsens mochte stimmen, aber um einen Witz im spanischen Verständnis des Wortes handelte es sich nicht.

Dann ging es durch die Schleuse, und die Passagiere waren früh auf den Beinen, um sich das nicht entgehen zu lassen (ich schlief weiter), und nachher, beim Frühstück, sah ich sie. Sie teilte sich den Nachbartisch mit ihrer Sekretärin, einer drögen, immer schwarz gekleideten Frau mit glattem, langem Haar, einem peruanischen Kaufmann und meinem Kabinengenossen. Ich selbst saß zusammen mit einem spanischen Jesuiten, der nach Bolivien unterwegs war und uns in El Callao verlassen würde, einem chilenischen Studenten, der aus Europa zurückkehrte, und seiner Frau, einer Spanisch lernenden Deutschen. Ich weiß wirklich nicht, wer auf die Idee kam, uns zusammenzusetzen. Es hatte nichts mit unserer Nationalität zu tun, nichts mit der alphabetischen Übereinstimmung unserer Namen, und wir waren auch nicht im selben Kabinentrakt untergebracht. Es war reiner Zufall, aber schon während des Mittagessens, das auf das Frühstück folgte, stellten wir fest, dass wir, die vier an meinem Tisch und die vier am Nachbartisch, ziemlich gut miteinander konnten, untereinander, aber auch über beide Tische hinweg, und dass Meinungsverschiedenheiten, wenn es sie gab, mit Gelassenheit ausgefochten wurden und rasch beigelegt waren.

Mein Kabinengenosse hieß Johnny Paredes, und seine Eltern schickten ihn nach Chile, um ihn von seinem schlechten Umgang in

Caracas fortzuholen. Er sprach wie ein Venezolaner, sah aus wie ein Venezolaner, war aber ein Chilene, der seit seinem zweiten oder dritten Lebensjahr in Venezuela lebte, wo seine Eltern geschäftlich tätig waren. Er prahlte mit seinem Geld. Er hatte vor, im Haus eines Onkels in Viña del Mar zu wohnen, und sich fest vorgenommen, tapfer zu studieren und keine männlichen Freundschaften einzugehen. Die Viererkabine teilten wir uns zu zweit, und schon bei unserer ersten Begegnung stellte er mir gegenüber klar, er sei nicht schwul, und falls ich diesbezüglich irgendwelche schrägen Ideen hegte, sollte ich mir das besser aus dem Kopf schlagen. Wir waren gleichaltrig, aber wegen meiner langen Haare und meines Vollbarts wirkte ich älter. Für Johnny Paredes war es das erste Mal, dass er allein reiste, und das merkte man. Auch für mich war es das erste Mal, nur dass ich es mir weniger anmerken ließ, da ich meine Reise schon vor zwei Monaten begonnen hatte. Manchmal erinnerte ich mich an den Abschied von meinen Eltern in einem Busbahnhof von Mexiko D. F., fühlte mich traurig und hatte Heimweh. Über dem Busbahnhof prangte eine Neontafel, deren Leuchtbuchstaben den Schriftzug Gran Estación del Sur bildeten, und von dort fuhren alle Reisenden ab, die nach Puebla, Oaxaca und Chiapas wollten, auch die mit Reiseziel Guatemala. Genau wie Johnny Paredes sollte ich die Universität besuchen, in meinem Fall die Universidad Nacional Autónoma von Mexiko, aber ich war bereits aus zwei Vorbereitungskursen geflogen, und meine akademische Zukunft war schwarz wie ein schmutziger, alter Schuhputzer. Eines Abends stellte mich mein Vater vor die Alternative, entweder in D. F. zu arbeiten oder mir in Sonora eine Arbeit zu suchen. Ich antwortete, ich würde lieber nach Sonora gehen. Dort blieb ich drei Monate, und eines Abends besuchte ich nach reichlichem Alkohol- und Drogenkonsum das Grab meines Großvaters in Santa Teresa, um am nächsten Morgen in den ersten Bus zurück nach D. F. zu steigen. Ich weiß noch, dass ich mich scheußlich fühlte und dem Busfahrer sagte, ich würde vermutlich während der Fahrt kotzen, woraufhin mir der Fahrer eine Plastiktüte gab und sagte, ich solle mir keine Sorgen machen. Ich bat ihn auch, mir Bescheid zu sagen, wenn wir durch Villaviciosa kämen, und bei diesen Worten sah mich der Fahrer komisch an, als würde ihm bewusst, dass er einen Verrückten an Bord hatte, dann meinte er, der Bus führe nicht durch Villaviciosa, aber er werde mir Bescheid geben, wenn wir in der Nähe vorbeikämen, obwohl ich außer ein paar nackten Gebirgszügen nichts würde sehen können. Ich sagte, das sei in Ordnung, und schlief kurz darauf ein. Als er mich weckte, wusste ich nicht, wo ich war. Die Sonne schien blendend hell, fast weiß. Dort links, sagte der Fahrer. Ich beschirmte die Augen mit der Hand und schaute: Wie er gesagt hatte, sah ich nur Berge, und auf dem Gipfel einige wenige undefinierbare, dunkle Bäume mit weit gespreizten, unbelaubten Ästen. Als ich zu Hause ankam, sagte ich zu meinem Vater, ich hätte meine Arbeit in Sonora gekündigt. Ich tauge nicht für so was, sagte ich. Was willst du stattdessen machen?, fragte mein Vater. Die Revolution, sagte ich. Welche Revolution?, fragte mein Vater. Die amerikanische Revolution natürlich, sagte ich. Welche amerikanische Revolution?, fragte er. Um Himmels willen, sagte meine Mutter, die bislang geschwiegen hatte. Dann sagte ich, ich würde nach Chile gehen. Die chilenische Revolution?, fragte mein Vater. Ich nickte. Aber du bist doch Mexikaner, sagte mein Vater. Nein, ich bin Chilene, sagte ich, aber darauf kommt es nicht an, wir Lateinamerikaner sollten alle nach Chile gehen, um die Revolution zu unterstützen. Und wer bezahlt dir die Reise?, fragte mein Vater. Ihr, wenn ihr wollt, sonst halte ich eben den Daumen raus. In dieser Nacht sollen meine Eltern lange geweint haben, zumindest erzählte das meine Schwester, die sie von ihrem Zimmer aus hören konnte. Sie werden gevögelt haben, sagte ich (nein, bestimmt habe ich nicht *gevögelt* gesagt, sie werden gefickt haben, gefickt, sie waren hoffentlich am Ficken). Eine Woche später gaben sie mir Geld für die Fahrt mit dem Bus durch Mittelamerika und kauften mir noch in Mexiko D. F. das Billet für die Schiffspassage von Panama nach Valparaíso. Natürlich wollten sie, dass ich mit dem Flugzeug flog, aber das konnte ich ihnen ausreden, mit dem Argument, eine Reise zu Wasser und zu Land diene der Bildung, sei erzieherisch wertvoll und außerdem viel billiger. Schon die Vorstellung, meinen Fuß in einen Flughafen zu setzen, ließ mir die Haare zu Berge stehen.

Eines Nachmittags, als ich dasaß und schrieb, setzte sich Dora Montes zu mir und begann mit mir zu plaudern. Sie fragte mich, ob ich meinen Eltern schriebe, dann fragte sie, ob ich einen Brief an meine Freundin schriebe, und schließlich wollte sie wissen, ob es sich um ein intimes Tagebuch handelte. Ich erwiderte, es sei kein Brief, ich hätte außerdem keine Freundin und würde auch nicht Tagebuch führen. Überraschenderweise war Dora Montes' Neugier von diesem Moment an wie weggeblasen (ich war es, der ihr später sagte, ohne dass sie mich gefragt hätte, ich würde an einer Erzählung schreiben), und sie erzählte mir stattdessen von ihren Gefühlen beim Anblick der beiden Walfische, die wir an diesem Morgen von Deck aus gesehen hatten. Sie sprach von den mystischen Ehegatten, vom Leben in den Ozeanen und schließlich, keine Ahnung, warum, von Geld. An diesem Nachmittag erklärte sie mir auch, welchem Beruf sie nachging. Sie trat als Tänzerin in Revuen auf. Genauer gesagt, sie strippte. Jetzt kehrte sie von einer Tournee durch verschiedene mittelamerikanische *Nightclubs* nach Chile zurück, einer zwielichtiger als der andere, bis auf das Carrusel in Panama, wo sie zwei Monate gearbeitet habe. Selbstverständlich würde sie lieber in Santiago oder Valparaíso arbeiten, aber in Chile, verriet sie mir, hätten Stripperinnen gerade keinen guten Stand. Nach Ablauf von sechs Monaten, so lange reiche der neue Vertrag, den sie in Santiago habe, müsse sie wieder zurück nach Mittelamerika, und das deprimiere sie schon jetzt. Es gebe allerdings noch eine Hoffnung: dass ihr Agent ihr Auftritte in Buenos Aires besorgen könne, obwohl sie gleich darauf kleinmütig einräumte, dass die Konkurrenz dort enorm sei.

Dora Montes musste um die dreißig sein, war brünett, mittelgroß und ein ziemlich feiner Mensch. Sie sah an fast allen Dingen das Positive, auch wenn sie persönlich sich für nichts begeistern konnte. Ihre Sekretärin (die in Wirklichkeit ihre Schwester war, was ich aber erst am zweiten Tag der Reise erfuhr) verbrachte die meiste Zeit des Tages in einem Liegestuhl auf dem Achterdeck, von Migräne geplagt, die ihr, wie sie sagte, die Meerluft verursache. Auf den ersten Blick schien es, als sei sie als Sekretärin oder Assistentin eine Niete, und Johnny Paredes fragte mich einmal, was zum Teufel sie hier tue. Zweifellos entfaltete sie ihre Nützlichkeit wohl eher hinter den Kulissen, auf dem Festland, als Näherin, Hüterin der Finanzen oder Krankenschwester, als auf einer geruhsamen Schiffspassage. Mit der Zeit wurde mir klar, dass sich Dora Montes sicher umgebracht haben würde, hätte sie nicht in jedem Augenblick mit der unauffälligen Anwesenheit ihrer Schwester rechnen können. Dora lebte in der reichlich abergläubischen Vorstellung, ihre Schwester würde alles Schlechte, das sie bedrohte (und wovon es, wie sie offenbar annahm, reichlich gab), auf sich ziehen, so dass es beispielsweise, wenn sie einmal zu viel trank, die Schwester war, nicht sie, die sich am nächsten Tag schlecht fühlte. Als ich meine Zweifel an dieser seltsamen Empathie äußerte, behauptete Dora Montes, das habe in ihrer Familie Tradition, schon bei ihrer Mutter und deren älterer Schwester sei das so gewesen. Eines Nachts, als ich aus dem Festsaal in meine Kabine zurückkehrte, fand ich Dora und Johnny zusammen im Bett.

Am nächsten Tag, ich war gerade am Schreiben, kam Dora zu mir und sagte, ich solle nicht schlecht von ihr denken. Ich sagte, das würde mir nie einfallen, sie brauche sich keine Sorgen zu machen. Daraufhin setzte sie sich zu mir, und nach längerem Schweigen, während dem sie abwechselnd das Meer und mein Heft betrachtete, erklärte sie mir frank und frei, dass an allem ich schuld sei. Ich erinnere mich, dass sie eine himmelblaue Schlaghose anhatte und das Haar hochgesteckt trug, sehr schwarzes, pechschwarzes Haar, das sich kräftig anfühlte. Keine Ahnung, warum ich plötzlich Lust verspürte, ihr weh zu tun. Ich sagte, wenn sie beichten wolle, hätten wir da einen spanischen Jesuiten anzubieten. Nur das. Fast im selben Augenblick bereute ich, was ich gesagt hatte. Vorher aber spürte ich (und spürte vielleicht mit einiger Befriedigung), wie Dora Montes mir einen verächtlichen Blick zuwarf und dann im Aufstehen wie zu sich selbst einen beleidigenden Satz fallenließ, der mich erstarren ließ (nie zuvor hatte ich aus dem Mund einer Frau einen so obszönen, so gemeinen, so unweigerlich ins Schwarze treffenden Satz gehört), der mir zudem völlig unverhältnismäßig erschien. Als ich in dieser Nacht in meine Kabine kam, verlangte Johnny Paredes erneut, ich solle mich für eine Stunde auf Deck verziehen.

Nacht für Nacht feierten wir Passagiere der zweiten Klasse Partys. Es gab dort eine Band, deren Mitglieder tagsüber in der Küche Geschirr spülten und nachts zum Tanz aufspielten. Sie waren alle Italiener, viele von ihnen Kommunisten, die mit dem chilenischen Weg zum Sozialismus sympathisierten. Manchmal baten sie einen Freiwilligen aus dem Publikum auf die Bühne, damit er sang, einen Zaubertrick vorführte oder Witze erzählte. Wenn wir einen Hafen anliefen, verschwanden sie alle gemeinsam und verbrachten die gesamte ihnen zur Verfügung stehende Zeit in einem Bordell, aus dem sie so ausgelaugt zurückkehrten, dass sie sich am ersten Abend nachdem wir wieder in See gestochen waren, außerstande sahen, aufzutreten, und wir uns mit Musik vom Plattenspieler begnügen mussten. Die übrige Besatzung reagierte auf das Anlegen mit größerer Gelassenheit, viele gingen nicht einmal von Bord. Die Passagiere pflegten jene, die das Schiff endgültig verließen, Taschentücher schwenkend von der Reling aus zu verabschieden, obwohl etliche von ihnen kurz darauf selbst für einen kurzen touristischen Ausflug an Land gingen. Als ich eine aus Italien heimkehrende Peruanerin fragte, warum sich die Freunde von einem, der das Schiff verließ, nicht an Land verabschiedeten, bekam ich zur Antwort, so sei es viel romantischer.

Manchmal sprachen wir über Politik. An meinem Tisch bekannte sich der aus Europa zurückkehrende Student als Christdemokrat, seine Frau als Demokratin und der spanische Jesuit als im weitesten Sinne links, ohne Angabe einer bestimmten Partei. Am Nachbartisch sagte Dora Montes, sie interessiere sich nicht für Politik, ihre Schwester gestand ihre Sympathie für die Rechten, Johnny Paredes nannte sich einen apolitischen Menschen aus Überzeugung (er verstieg sich sogar zu der dümmlichen Bemerkung: »Nach eingehendem Studium der Parteienlandschaft neige ich dem apolitischen Lager zu«), und der peruanische Kaufmann, der in Panama gebraucht gekaufte Rohrleitungen und Werkzeuge mitführte und sich über die Zollbestimmungen seines Landes den Kopf zerbrach, weswegen er ständig die bizarrsten Planspiele anstellte – er gedachte, seine Güter als persönliche Gegenstände zu deklarieren –, sagte leise, er hege eine moderate Präferenz für die Alianza Popular Revolucionaria Americana. Mit dem Jesuiten unterhielt ich mich am häufigsten. Eines Nachts, wir lehnten an der Reling und hörten hinter uns Lieder von Rita Pavone, hielt er mir einen Vortrag über das in den lateinamerikanischen Befreiungskämpfen nachwirkende Denken von

Erasmus und Spinoza. Zum Dank nötigte ich ihn zur Lektüre meiner besten Erzählung. Sie handelte von einer außerirdischen Invasion. Die Außerirdischen besaßen starke Ähnlichkeit mit Ameisen: genauso klein, genauso stark, genauso gut organisiert, dabei aber den Menschen technisch weit überlegen. Die ersten Raumschiffe, die die Erde erreichten (drei), waren anderthalb Meter lang, vierzig Zentimeter hoch und einen halben Meter breit. Anfangs hegten sie friedliche Absichten, es wurden Reden vor den Vereinten Nationen gehalten, man hieß sie willkommen, und die Ameisenraumschiffe taten nichts anderes, als den Planeten zu umkreisen, gelegentlich verbunden mit einem geheimnisvollen Eintritt in den Orbit, meistens über kleinen Städten, wenig frequentierten Wegkreuzungen, Bergen, von denen bis dahin noch niemand etwas gehört hatte. Nach Ablauf von neunzig Tagen aber, als die durch ihre Anwesenheit verursachte freudige Erwartung nachzulassen beginnt, verlassen zwei der Raumschiffe ihre Umlaufbahn in der Stratosphäre und tauchen in einer Plantage in Jefferson County im Westen Virginias wieder auf. Die fraglichen Felder gehören John Taeger, einem ortsansässigen Tabakfarmer. Als der erschrockene Besitzer den Sheriff des Countys davon in Kenntnis setzt, erlebt die Plantage alsbald eine Invasion von föderalen und bundesstaatlichen Regierungsvertretern, Polizeikräften, hohen Militärs des Pentagons, Fernsehkameras und Schaulustigen. Die außerirdischen Ameisen verlassen ihre Raumschiffe in wespenähnlichen Fluggeräten von höchstens fünf Zentimeter Durchmesser und treten in eine rudimentäre Kommunikation mit den US-amerikanischen Behörden. Derweil haben die übrigen Ameisen damit begonnen, Löcher zu graben und Türme aus einem Material zu errichten, das aus feinen, verdrillten Drähten zu bestehen scheint. Fünf Stunden später gelingt es den Nachrichtendiensten der Erde, die Botschaft zu entziffern: Die Ameisen haben beschlossen, den Ort in

Besitz zu nehmen. Alarmiert werden der Präsident der Vereinigten Staaten, der Sicherheitsrat der Vereinten Nationen, Ufologen aus aller Welt und der Führungsstab des Pentagons, doch kommt es zu keiner Einigung, und die einzigen Maßnahmen, die ergriffen werden, bestehen darin, der Familie Taeger zu raten, ihr Haus zu verlassen, und die Plantage mit einem starken Sicherheitszaun zu umgeben. In dieser Nacht bleiben alle wach und in Alarmbereitschaft: Die Einsatzkräfte, die den Zugang zu der Pflanzung bewachen, die Radare des US-amerikanischen Geheimdienstes, die Leute von der Presse, die auf jede noch so kleine Nachricht vom Ort des Geschehens lauern, die Verkäufer von Sandwichs und T-Shirts, die bei der Plantage aufgetaucht sind, und John Taeger, der sich kategorisch geweigert hat, sein Haus zu verlassen, und die ganze Nacht in einem Schaukelstuhl auf der Veranda verbringt, mal bitterlich weinend, mal bemüht, der neuen und unerwarteten Situation ihre guten Seiten abzugewinnen. Der Präsident der Vereinigten Staaten ruft den sowjetischen Premierminister zweimal an. Einmal ruft der sowjetische Premierminister den Präsidenten der Vereinigten Staaten an. Die Ameisen, überwacht von den Infrarotkameras der Militärpolizei und des FBI, arbeiten die ganze Nacht. Am nächsten Morgen, keiner weiß wie, ist die explosive Nachricht an die Presse durchgesickert: Die außerirdischen Ameisen wollen nicht nur die Familie Taeger enteignen, sondern auch das *gesamte* County in Besitz nehmen. Die Nachricht, die in Windeseile über Presse und Fernsehen Verbreitung findet, ruft ein widersprüchliches Echo hervor. Grundsätzlich ist die öffentliche Meinung in den Vereinigten Staaten in zwei Lager gespalten: Während die einen es kategorisch ablehnen, auch nur einen Quadratmeter aus der nationalen Souveränität zu entlassen, sehen die anderen in dem Vorhaben der Insekten eine Chance für technologischen Austausch, für die Zusammenarbeit beim Wettlauf im All (wenn sie mit den Ameisen kooperierten, würden die Russen schon sehen), für einen Entwicklungsschub in den Bereichen Astronomie, Physik, Astrophysik und Quantenmathematik, und alles im Tausch gegen ein eher armes, kaum industrialisiertes County, in dem in Monokultur eine Tabaksorte angebaut wird, die nicht zu den besten zählt. Der nächste Tag, der nebenbei dem unglücklichen John Taeger einen Herzinfarkt beschert, bietet Anlass zu einer Vielzahl verschiedenster Treffen. Eine Zusammenkunft jagt die nächste. Der Rotary Club von Jefferson County schlägt vor, den Ameisen ein ähnliches Gebiet, aber in Honduras, zu überlassen. Die Botschafter Westeuropas und der Warschauer-Pakt-Staaten vertrauen darauf, dass der Präsident der Vereinigten Staaten Ruhe bewahren und den Streitfall mit friedlichen Mittel beilegen wird. Fachleute stellen Berechnungen an: Wenn sich an Bord der Raumschiffe, die auf der Plantage von Taeger gelandet sind, zwischen fünf- und zehntausend Ameisen befinden und wenn sie in der Lage sind, sich auf der Erde zu vermehren, wenn sie außerdem stark genug sind, ihre natürlichen Feinde zu vernichten, und wenn ihre Lebenszeit doppelt oder sogar dreimal so lang währt wie die der einheimischen Haut- und Netzflügler und wenn in Jefferson County das, was sie suchen, im Überfluss vorhanden ist (worauf alles hindeutet), dann wird es mindestens hundert Jahre dauern, bevor sie um die Überlassung eines weiteren Countys mit vergleichbaren Eigenschaften bitten. Dessen ungeachtet wird die Stimme der Kriegstreiber an diesem ersten Tag der Beratungen lauter: Ein massiver Angriff auf die Plantage von Taeger zu Land und aus der Luft würde die Außerirdischen auf einen Schlag vernichten; mit dem noch um die Erde kreisenden Raumschiff könne man auf Augenhöhe eine Vereinbarung aushandeln oder es zerstören; die konzilianteren Maßnahmen würden lediglich dazu führen, die Ameisen zu stärken, indem man zulässt, dass sich das Krebsgeschwür weiter über die Vereinigten Staaten und, auf lange Sicht, über die gesamte Welt ausbreitet. Der Tag endet mit einem Gefühl von Erschöpfung und banger Erwartung. Nach Auskunft der Beobachter haben die Ameisen ihre Arbeit nicht für einen Moment unterbrochen. Am nächsten Tag hat der Präsident der Vereinigten Staaten eine Entscheidung getroffen. Man teilt den Außerirdischen mit, das Land, auf dem sie sich niedergelassen haben, sei Privatbesitz und gehöre John Taeger, welcher gegenwärtig nicht die Absicht habe, es zu veräußern; im Übrigen unterstehe das Gebiet der Gerichtsbarkeit und nationalen Souveränität der Vereinigten Staaten von Amerika; aus diesen Gründen seien die sub sole oder sub terra vorangetriebenen Sondierungen und/oder Arbeiten der Außerirdischen in Jefferson County umgehend einzustellen und die Ameisen müssten umgehend eine Delegation ins Weiße Haus entsenden, um die Eckpunkte für ihren geplanten Aufenthalt in den Vereinigten Staaten und auf der Erde insgesamt auszuhandeln. Die Antwort der Ameisen ist denkbar knapp: Es läge nicht in ihrer Absicht, jemanden zu berauben, ihre Absichten seien *im Prinzip* wirtschaftlicher und friedlicher Natur, sie hätten sich ein eher kleines und nicht sehr bevölkertes County ausgesucht, mit einem Wort, in ihren Augen sei das doch keine große Sache. Alle weiteren Nachfragen werden mit Schweigen beantwortet. Die Militärs glauben, dass die Reihe zu handeln nun an ihnen ist. Das Bombardement, mit dem sie die Ameisen zu überziehen planen, soll begrenzt, aber durchschlagend sein und sich auf ein Gebiet von zwei Kilometer Durchmesser rund um die Stelle erstrecken, an der noch immer ihre beiden Raumschiffe stehen. Nach langem Zögern, das einen ganzen Tag andauert, und konfrontiert mit dem Schweigen der Außerirdischen, das einige Berater mit Gleichgültigkeit oder sogar Überheblichkeit verwechseln, gibt der Präsident den Befehl zum Bombardement. Als Nächstes evakuiert man die Zone, auf der sich das Haus der Familie Taeger und noch zwei weitere Farmen befinden, außerdem eine Wegkreuzung, die seinerzeit Colonel Mosby berühmt gemacht hatte und an der eine verwitterte Gedenktafel steht, die in Sicherheit zu bringen niemandem in den Sinn kommt, und beginnt dann mit der Bombardierung. Sie geschieht von Flugzeugen aus, die eine beträchtliche Menge vietnamerprobter Bomben abwerfen. Aber alles versagt. Die wenigen Bomben, die den Boden erreichen, werden durch etwas neutralisiert, das einige zu Talkshows eingeladene Science-Fiction-Autoren mit unverhohlener Freude als *schützendes Magnetfeld* oder *elektromagnetischen Schutzschirm* bezeichnen. Die meisten Flugzeuge werden übrigens von einem geheimnisvollen Strahl abgeschossen, der aus dem Himmel kommt und als dessen Ursprung die Experten rasch das außerhalb der Erdatmosphäre verbliebene Raumschiff ausmachen. Die Antwort der Ameisen erschöpft sich indes nicht in der Abwehr des Angriffs, im nächsten Schritt fährt der »Todesstrahl«, wie er sogleich von der Sensationspresse getauft wird, mit einer geradezu haarsträubenden Präzision auf das Weiße Haus nieder und legt es in Schutt und Asche. Bei dem Angriff sterben alle im Gebäude sich aufhaltenden Personen einschließlich des Präsidenten der Vereinigten Staaten (Richard Nixon) und der Mehrheit seiner Berater. Seinen Posten übernimmt der Vizepräsident (Spiro Agnew), der die Strategic Air Command in höchste Alarmbereitschaft versetzt, allerdings Minuten nach Ablegen des Amtseids durch Vertraute und Außenstehende davon abgebracht wird, einen Atomschlag auf Virginia anzuordnen. Eine Bodenoperation von Einsatzkräften aus Virginia und einem Spezialkommando der bakteriologischen und chemischen Kriegsführung endet in einem Desaster, sämtliche Soldaten verkohlt bis auf die Knochen. Und nach dem Sturm folgt endlich die Ruhe. Der neue US-Präsident stoppt sämtliche Kriegsvorbereitungen. Der von Sicherheitskräften um die Plantage von Taeger gezogene Kordon wird aufgegeben. Die Truppen, die man vorher durch einige Ortschaften von Jefferson County ziehen sah, verschwinden. In den kommenden Wochen etabliert sich faktisch die Oberhoheit der Ameisen über Jefferson County, zumindest seine unumschränkte Inanspruchnahme. Viele der Bewohner verlassen ihre Häuser und ziehen nach Kalifornien. Andere bleiben abwartend. Aber es geschieht nichts; sie können in ihren Häusern bleiben, können von Ameisenkontrollen unbehelligt die Straßen benutzen, können das County verlassen und zurückkehren, ohne dass jemand sie daran hindert. Tatsächlich haben nur *sehr wenige* die außerirdischen Ameisen gesehen, und in der einen oder anderen Zeitung aus Idaho und Montana (und in mehreren lateinamerikanischen) werden Stimmen laut, die ihre Existenz in Frage stellen. Für die in der Nähe der ehemaligen Taeger-Plantage lebenden Menschen haben sich die Dinge geändert: Niemand wagt, auf eine Ameise zu treten, von Ameisenhügeln ganz zu schweigen, Insektenvernichtungsmittel finden den Sommer über nur innerhalb der Häuser Verwendung, in der vernünftigen Annahme, dass die Außerirdischen niemals in eine so rudimentäre Falle tappen würden. An vielen Orten der Welt, vor allem unter Künstlern und Schriftstellern, häufen sich zu Tausenden Fälle von Zoopsie, die einige dem vermehrten Alkoholismus und Drogenkonsum, andere, feinfühliger, der Manifestation künftiger Bedrohungen in empfindlicheren Seelen zuschreiben. Eines schönen Tages registrieren Radaranlagen in aller Welt den Start der beiden in Jefferson County stationierten Raumschiffe. Kurz darauf geht, noch unter ungläubigem Staunen, die Nachricht um die Erde. Von den drei Ameisen-Raumschiffen bleibt nur eines auf einer Umlaufbahn um die Erde zurück, die beiden anderen sind in den Weiten des Alls verschwunden, vermutlich mit Kurs auf ihren Heimatplaneten. Auf der ehemaligen Taeger-Plantage hat sich die Situation kaum verändert, wie Aufnahmen aus Aufklärungsflugzeugen und von einigen mutigen Schaulustigen belegen: Es gibt fünf Türme aus geflochtenem Draht von maximal anderthalb Meter Höhe in einem Abstand von rund vierzig Zentimetern zueinander, um die von Zeit zu Zeit die kleinen Wespen-Fluggeräte kreisen. Der übrige Teil der Kolonie, wie leicht zu erraten, befindet sich unter der Erde, und niemand aus Jefferson County hat bislang physisch Kontakt zu den Außerirdischen aufgenommen. Angesichts dieser neuen Situation schlägt das Pentagon einen erneuten Angriff vor. Der Präsident zögert oder tut, als zögere er. Er konsultiert die mit den USA verbündeten Mächte. Diese raten dazu, mit den Russen zu sprechen, aber der Präsident und seine Vertrauten schätzen, dass die Sowjets imstande wären, die Ameisen über ihre Pläne zu unterrichten. Auf der Seele des Präsidenten lasten viele Fragen, was sich aber schließlich durchsetzt, ist das Bild von der Zerstörung des Weißen Hauses einschließlich seiner unterirdischen Atombunker. Zur Erleichterung vieler stabilisiert sich die Lage. Auf der Erde beginnt eine neue Ära. Die Vereinten Nationen bieten den Ameisen einen Sitz im ständigen Sicherheitsrat an, einen Sitz, den diese aus Gründen des Anstands ablehnen. Trotzdem etabliert sich eine stabile Kommunikation zwischen Erdbewohnern und Außerirdischen. Eine Gruppe von Experten, die sich zu der ehemaligen Taeger-Plantage aufmacht und an deren Grenzen ihre Apparaturen und Zelte aufbaut, befindet, dass Jefferson County frühestens in fünfzig Jahren für die Außerirdischen zu klein sein wird, wenn man berücksichtigt, dass sie in zwei Monaten nicht einmal bis zum Innenhof der Farm gelangt sind. Mit der Zeit macht zudem das gewonnene Wissen über die Ameisen diese zugänglicher und entsprechend verwundbarer. Essays werden veröffentlicht, und man kommt zu einigen Erkenntnissen: Die Ameisen ernähren sich nicht wie ihre terrestrischen Schwestern, und alles spricht für die Annahme, dass die geschriebene Sprache bei ihnen unbekannt ist, ihre Kultur ist eine onirische, das Gelände, auf dem sie sich eingerichtet haben, erfährt an der Oberfläche keine nennenswerten Veränderungen. Alle diese Schlussfolgerungen sind natürlich unvollständig. Den ortsansässigen Farmern zufolge ernähren sich die Ameisen von Ameisen. Ein Touristenführer von der Sonnenpyramide von Teotihuacán gibt an, Raumschiffe gesehen zu haben, nicht größer als eine Zigarettenschachtel, die an einem der vielen Ameisenhaufen in der Nähe der Pyramide standen. Die terrestrischen Ameisen wurden eine nach der anderen ins Innere der Raumschiffe geführt. Ein im Amazonas missionierender Priester behauptet, neben einem wimmelnden Haufen roter Ameisen in der Region Manicoré einer Epiphanie beigewohnt zu haben (Gott möge mir verzeihen). Die roten Ameisen, sagt der Missionar, seien lautlos durch die Lüfte ins Innere von Flugobjekten emporgeschwebt, die wie gekochte Eier aussahen, aber schwarz und von Einkerbungen bedeckt waren. Die roten Ameisen neben dem Haufen seien, anstatt zu fliehen, auf- und übereinander in die Höhe gestiegen, als wollten sie mit ihren Antennen die Eier berühren, die …

Die Erzählung war unvollendet. Möglicherweise würde ich sie noch erweitern, sagte ich zu dem Jesuiten, vielleicht sogar zu einem Roman ausbauen. Der Jesuit sagte gar nichts. Ich nahm an, dass ihm der letzte Teil nicht gefallen hatte, der mit dem Missionar im Amazonasgebiet, und als ich zur Party zurückkehrte, überlegte ich mir einige Änderungen und dass ich ihn bitten wollte, sie noch einmal zu lesen. Aber dann kam die Sekretärin von Dora Montes auf mich zu, und ich vergaß die Erzählung und den Jesuiten. Dora wird eine Verrücktheit begehen, war das Erste, was sie mir – der ich saß, während sie stand und sich über mich beugte – fast ins Ohr raunte. Sie roch pikant, nach einer Mischung aus Parfüm und italienischer Küche. Was denn für eine Verrücktheit, wollte ich wissen. Eine Verrücktheit aus Liebe, was sonst, sagte die Sekretärin und setzte sich neben mich. Sie suchte unter dem Tisch nach meiner Hand und schob mir hastig einen Geldschein zu. Lade mich zu etwas ein, sagte sie lächelnd. Während ich aufstand, versuchte ich festzustellen, ob sich Dora Montes im Saal befand, konnte sie aber nirgends sehen. Als ich mit zwei Whiskys zurückkehrte, legte ich ihr das Wechselgeld auf den Tisch und bat sie, mir zu erklären, was genau mit Dora los sei. Sie wird vor allen Leuten einen Striptease machen, sagte sie und schaute mich scharf an. Und schuld daran bist du, fügte sie hinzu.

Eine der bleibendsten Erinnerungen an meine Rückkehr nach Chile bezieht sich auf eine Nacht, die ich in einer Pension in Guatemala verbrachte. Die Wände müssen sehr dünn gewesen sein, und das Kopfende meines Betts befand sich bestimmt dicht am Kopfende des Bettes im Nachbarzimmer. Anfangs war alles ruhig, und ich wollte mein Buch zu Ende lesen und gemütlich rauchen. Das Buch war *Aphrodite* von Pierre Louÿs. Irgendwann muss ich eingeschlafen sein. Auf einmal wurde ich von Stimmen geweckt. Die Stimmen gehörten zwei Männern. An ihrem Akzent erkannte ich, dass es keine Mexikaner waren, der eine mochte aus Mittelamerika stammen, der andere vielleicht aus Venezuela oder Panama. Ich weiß nicht, warum ich mir den einen als Schwarzen vorstellte. Das Zimmer hatte so wie meines zwei Betten, und der Mittelamerikaner lag in dem, das meinem gegenüberstand: Einen Moment lang stellte ich mir vor, dass die beiden Kopfenden nur durch die Wand getrennt waren. Schon bevor ich ganz wach wurde, begriff ich, worüber sie diskutierten oder stritten: Ich wüsste nicht, worauf ich die Beklemmung, die ich sofort empfand, sonst zurückführen könnte. Der Mittelamerikaner sprach von Messern. Der Venezolaner, vielleicht noch beklommener als ich, pries verschiedene Marken. Der Mittelamerikaner schnitt ihm das Wort ab, indem er sagte, das Wichtigste an einem Messer sei der Arm, der es führe. Der Venezolaner pries verschiedene Messerstecher seines Landes. Der Mittelamerikaner sagte, das (aber was?) sei schwules Getue, die wahren Messerstecher lebten anonym. Der Venezolaner sagte, ganz recht, Anonymität und Bescheidenheit seien der Sonntagsstaat der Männer. Der Mittelamerikaner sagte, Männer, die im Sonntagsstaat herumstolzierten, verdienten es nicht, Männer genannt zu werden. Der Venezolaner pflichtete ihm unermüdlich bei und sagte, wie recht er hätte, echte Männer trügen alle sieben Tage der Woche feine Anzüge. Der Mittelamerikaner sagte, echte Männer lebten in der Anonymität und im Blut, da brauche es keine feinen Anzüge. Der Venezolaner rief, wie poetisch, die Anonymität und das Blut, schön gesagt. Daraufhin hustete der Mittelamerikaner nur, als bekäme er in Anwesenheit des Venezolaners keine Luft, und erzählte eine Geschichte. Die Geschichte handelte von einer Frau, einer Nachtclub-Tänzerin wie Dora Montes, die er lieb gewonnen hatte. Eine schöne Frau, sagte er, achtundzwanzig Jahre, die man ihr nicht ansah, seriös und fleißig. Eine Frau, mit der er einen Sohn oder eine Tochter hatte (das blieb unklar; es konnte auch sein, dass er ein früheres Kind der Frau meinte) und mit der er eine Zeitlang glücklich zusammenlebte. Eine Frau, die er arbeiten schickte und die sich nicht beklagte. Eine Frau, die er beleidigen und schlagen konnte, ohne dass sie ihm mit unvernünftigen Klagen in den Ohren lag (er sprach wiederholt von Vernunft, auch von Besonnenheit und Unbesonnenheit). Und was ist daraus geworden, Kumpel?, fragte die bebende Stimme des Venezolaners, in meiner Vorstellung ein Schwarzer, ein Boxer vielleicht, dem Mittelamerikaner jedenfalls körperlich überlegen und mit ziemlicher Sicherheit imstande, ihn auf die Matte zu schicken, einem Streit aber abgeneigt, mit dem alleinigen Wunsch, zu schlafen und die Reise in den nächsten Tag anzutreten. Was daraus geworden ist?, fragte dicht an meinem Ohr der Mittelamerikaner. Ja, was ist daraus geworden, aus dem glücklichen Leben, Kumpel?, wiederholte der Venezolaner. Vor fünf Monaten hab ich sie abgestochen, sagte der Mittelamerikaner. Und nach einer Weile: Mit einem Küchenmesser. Und eine ganze Weile später: Im Patio unseres Liebesnests hab ich sie begraben. Und als ich schon einschlief: Ich sagte denen, sie sei auf Tournee gegangen. Wem, den Behörden? Den Polizisten, ja, sagte der Mittelamerikaner mit einer Stimme, der man die Müdigkeit und die Erschöpfung anmerkte, das Ende des Rauschs und der Aggressivität, den Zustand der Nacktheit sogar.

In jener Nacht fand ich Dora Montes auf dem Vorderdeck, in einer Zone, die den wenigen Passagieren erster Klasse vorbehalten war. Stark angetrunken. Ich sagte ihr, so könne sie keinen Striptease machen, und nahm sie mit in meine Kabine. Wir schliefen miteinander, bis Johnny Paredes zurückkam. Anders als bei vielen Betrunkenen, deren Körper schlaff werden und die die Koordination verlieren, war Doras Körper fest und bewegte sich mit mathematischer Präzision. Scheiße, sagte Johnny, als er Licht machte, ich suche dich seit Stunden, deine Schwester hat gesagt, du wollest dich umbringen. Dann setzte er sich auf den Rand seiner Koje, und wir begannen zu reden. Dora sagte, sie sei nur traurig und habe nicht vorgehabt, sich umzubringen (nur Dummköpfe tun so was), schon gar nicht, sich öffentlich auszuziehen. Das muss sich meine Schwester ausgedacht haben, damit du mich suchst, sagte sie und sah mir tief in die Augen. Wenn ihr wollt, verschwinde ich für eine Stunde, sagte Johnny Paredes. Nicht nötig, sagte Dora, leg dich in deine Koje und schlaf. Johnny löschte das Licht und zog sich im Dunkeln aus. Gute Nacht, sagte er.

Gute Nacht, sagten wir. Man sah die Hand vor Augen nicht, aber ich wusste, dass Dora lächelte.

Am folgenden Abend schlief Dora mit Johnny Paredes. In der Nacht schlief sie wieder mit mir, und als wir in Arica ankamen, machten wir es zur Feier unserer Ankunft auf chilenischem Boden zu dritt, was aber eine Katastrophe war. Johnny und ich taten nichts anderes, als uns heimlich zu belauern, und am Ende bekam Dora einen Lachkrampf.

Zu später Stunde trafen wir in Valparaíso ein, und warum sie uns erst am nächsten Morgen von Bord ließen, ist mir schleierhaft. In dieser Nacht blieben Dora Montes, ihre Sekretärin, Johnny Paredes und ich noch lange an Deck, wo wir uns unterhielten, die Lichter der Berge betrachteten und chilenisches Radio hörten. Johnny, erinnere ich mich, erzählte Gangstergeschichten aus Caracas, die sicher frei erfunden waren, Dora und ihre Schwester gaben Anekdoten aus mittelamerikanischen Nachtclubs zum Besten, und ich erzählte, ich hätte in Panama *Der letzte Tango in Paris* gesehen und in der Bar unter meiner Pension einen schwarzen Kellner kennengelernt, der alle, wirklich alle mexikanischen Filme gesehen hatte und mir riet, nicht nach Chile zurückzugehen. Dora und ihre Schwester sagten dazu nichts. Aber Johnny schien das zu interessieren. Und warum hat er gesagt, du sollst nicht zurückgehen. Keine Ahnung, sagte ich. Er war schwarz, dünn wie ein Streichholz, außerdem schwul, glaube ich, er sagte, ich würde ihm gut gefallen. Na, sagte Johnny, dann ist ja alles klar. Er hat mir sogar gesagt, er wisse, wie man die Schiffspassage weiterverkauft, damit ich nach Mexiko zurückkehren könne. Lass gut sein, sagte Johnny, wir haben verstanden.

Am nächsten Tag gingen wir von Bord. Auf Johnny Paredes wartete seine Tante aus Viña del Mar. Dora und ihre Schwester wurden von zwei großen, schnauzbärtigen Typen in dunklen Anzügen in

Empfang genommen. Unser Abschied war förmlich. Dann schnallte ich mir den Rucksack auf den Rücken und machte mich auf den Weg zum Bahnhof.

4. Der Putsch

Ich träumte von einer Frau mit leuchtenden Augen, als mich die Schreie von Juan de la Cruz weckten, dem Maler und Marienschnitzer, in dessen Haus ich wohnte. Im ersten Moment dachte ich, man würde mich aus dem Haus werfen oder ich hätte einen Anruf aus Mexiko und etwas Schlimmes sei passiert, das vielleicht mit der Gesundheit meiner Mutter zu tun hatte. Dann wurde mir klar, dass Juan de la Cruz nicht schrie, sondern stöhnte und sich mit einer Hand die Haare raufte, während er mich mit der anderen wach rüttelte, und seine Stimme, als er sprach, über ein Flüstern kaum hinausging. Ich sprang nackt aus dem Bett und fragte, ob ich einen Anruf hätte. Der Maler setzte sich auf das gerade von mir verlassene Bett und sagte, keine Sorge, meiner Mutter ginge es gut, glaube er zumindest, und sagte dann, er würde sich wünschen, jetzt bei meiner Mutter und auch bei meinem Vater zu sein oder im Chaputepec-Park herumzulungern, etwas, woran sich Touristen erinnern, und tatsächlich war Juan de la Cruz war erst vor kurzem in Mexiko-Stadt gewesen. Die Militärs haben geputscht, sagte er, es ist alles aus. Mein erstes Gefühl war Erleichterung. Meine Mutter war wohlauf, meine Familie war wohlauf. Ich zog mich an, ging ins Bad, um mir das Gesicht zu waschen und die Zähne zu putzen, gefolgt von dem Maler, der mir immer wieder berichtete, was bisher geschehen war, dann tranken wir zum Frühstück jeder eine Tasse Tee. Ich fragte ihn, was er zu tun gedächte. Was soll ich deiner Meinung nach tun, fragte er, ich bin Künstler, es ist alles aus.

Ich glaubte das so nicht, und bevor ich auf die Straße ging, holte ich mein Caborca-Messer aus dem Rucksack, steckte es in die Hosentasche und ging nach draußen. Es war ein Arbeiterviertel, eingeschossige Häuser mit Garten und Patio, die sich, so weit das Auge reichte, entlang der Hauptstraße aneinanderreihten, die Santiago mit dem Süden verband. Jenseits der Hauptstraße erhob sich eine Neubausiedlung mit breiten, unasphaltierten Straßen, die mit dem Viertel und seinen Geschäften über wenige übertrieben hohe Fußgängerüberwege verbunden war. Auf beiden Seiten der Hauptstraße gab es zahlreiche Brachflächen.

Die Straße war leer, aber ich wusste, dass die Nachbarn des Malers Sozialisten waren, weil die Leute aus dem Viertel nachts in ihre Gärten gingen, um miteinander zu plaudern, und ich einmal mit ihnen gesprochen hatte. Ich überquerte also die Straße und klingelte an ihrer Tür. Ich war weder Kommunist noch Sozialist, aber mir schien, heute sei kein Tag, um hinsichtlich seiner Freunde allzu wählerisch zu sein. Die Sozialisten waren Waisen, der eine siebzehn, der andere fünfzehn Jahre alt, und ich traf sie beim Frühstück. Sie lebten bei dem älteren Bruder, der zwanzig war und schon längst auf dem Weg in die Fabrik. Sie luden mich zu einer Tasse Tee ein, und anfangs nahm ich an, der Bruder sei arbeiten gegangen. Dann wurde mir klar, dass dem nicht so war, dass an diesem Tag niemand arbeiten würde.

Einer der Sozialisten sagte, in der kommunistischen Zelle des Viertels würden Waffen verteilt und die Aktionen sämtlicher linken Gruppierungen koordiniert, und nachdem wir den Tee getrunken hatten, machten wir uns dorthin auf den Weg. Die kommunistische Zelle befand sich im Haus eines Arbeiters und Mitglieds der Kommunistischen Partei, eines kleinen, rundlichen Mannes, dem die Anwesenheit so vieler unbekannter Leute im Esszimmer seines Hauses sichtlich an die Nieren ging. Zeitweise sah es so aus, als würde der Dicke jeden Moment in Tränen ausbrechen, aber im letzten Moment konnte er immer die Fassung bewahren. Die sozialistischen Brüder waren hier bekannt, und sie stellten mich kurz vor: Ein Genosse, sagten sie, und der Dicke und seine Frau sagten, guten Morgen, Genosse, und zuckten dann mit den Achseln.

Jeder Neuankömmling kam mit neuen, widersprüchlichen Nachrichten. Alle redeten durcheinander, und gelegentlich flüchtete sich der Dicke in eine Ecke, unter das Foto von einem Mann und einer Frau, die, beide ebenfalls dick und höchstwahrscheinlich seine Eltern, ein Lächeln zur Schau trugen, das buchstäblich von einem Ohr zum anderen reichte, wo er die Münzen aus einer Hosentasche hervorholte, zählte und wieder einsteckte, anschließend die Münzen aus der anderen Hosentasche zog, zählte und wieder einsteckte. Danach schlug er die Hände vors Gesicht und versuchte nachzudenken.

Wir, die im Esszimmer Versammelten, waren über fünfzehn Personen und repräsentierten fast das gesamte Spektrum der parlamentarischen und außerparlamentarischen chilenischen Linken. Die Frau des Dicken brachte aus der Küche ein Tablett mit Gläsern und einer Teekanne. Plötzlich sank der Geräuschpegel der Diskussionen, und alle setzten sich, wo sie Platz fanden, die meisten auf den Boden, und tranken erst einmal Tee. Ich erinnere mich, dass wir uns als Genossen und Genossinnen anredeten, obwohl wir uns bis gestern kaum ein paar Mal gesehen hatten. Zumal unter den Jüngeren herrschte eine außergewöhnliche Kameradschaft. Der Dicke nutzte den ersten ruhigen Moment, um zu sagen, dass wir uns mit der Organisation in Verbindung setzen müssten, um konkrete Befehle und vertrauenswürdige Informationen zu bekommen. Die Mission, die am helllichten Tag, bei Ausgangssperre und per Fahrrad erledigt werden musste, wurde mir angetragen. Da begriff ich, dass sie glaubten, ich sei Ausländer (und aus dem Grund ein erfahrener Aktivist), und ich beeilte mich, sie von diesem Irrtum abzubringen, sagte, ich sei Chilene, spräche mit einem anderen Akzent, weil ich gerade aus

Mexiko zurückgekommen sei, wo ich etliche Jahre gelebt hätte, dass ich nicht die geringste Erfahrung mit Situationen wie dieser besäße und mich außerdem in Santiago kaum auskennte. Die Nachricht versetzte alle, insbesondere den Dicken, in tiefe Traurigkeit. Einen Moment lang dachte ich, er würde uns alle nach Hause schicken. Aber der Dicke hielt an seiner Idee fest und bat um Freiwillige. Alle lehnten aus dem einen oder anderen Grund ab. Von der Küche aus sah die Frau betrübt zu uns herüber. Gut, sagte der Dicke, um die Sache vom Tisch zu bringen, dann mache ich es selbst.

Einige von uns gingen mit hinaus, um ihn zu verabschieden und ihm Ratschläge für die beste Route zu geben. Unter Vermeidung der stark frequentierten Straßen war es ein Weg von mindestens zwanzig Minuten. Bevor er losfuhr, verabschiedete sich der Dicke von seinen Kindern, dann stieg er aufs Rad und entfernte sich. Er war der Einzige, der auf den leeren Straßen unterwegs war, und hatte einige Mühe, das Gleichgewicht zu halten. Soweit ich weiß, kam er nie wieder nach Hause zurück.

Anschließend kochte die Frau des Dicken Tee, und wir alle schenkten uns nach. Einige begannen ein Gespräch über Fußball. Die Unterhaltung zerfiel in Gruppen von zwei, drei Leuten. Einer gab Witze zum Besten. Die Wände und Böden waren aus Holz und rochen gut. Plötzlich fühlte ich mich todmüde und hätte gern geschlafen. Der Dicke schien den Traum der Geschichte mit sich genommen zu haben, und wir, die im Haus Zurückgebliebenen, wussten, einige mehr, andere weniger, wie gründlich alles aus war.

Einige Zeit später traf noch ein Kommunist ein, ein Typ in einem Pullover, der aussah wie aus Haaren gestrickt, und sagte, es sei eine Schande, so viele Leute auf einem Haufen, die nichts anderes täten als Tee trinken. Höchste Zeit, dass du kommst, Pancho, sagte die Frau des Dicken. Wir begriffen, dass besagter Pancho der Chef der kommunistischen Zelle war und dass ihn der Dicke nur in seiner Abwesenheit vertreten hatte. Die beiden sozialistischen Brüder und zwei weitere junge Leute, beide keine zwanzig, sagten, sie wollten ja handeln, hätten sich aber angesichts fehlender Waffen damit begnügt, Tee zu trinken. Jetzt könnt ihr handeln, sagte der Mann, der sich Pancho nannte, und setzte sich ans Kopfende des Tischs, wo er uns in einer Reihe antreten ließ. Auf einem Blatt notierte er unsere Namen, daneben die Straße, die wir überwachen sollten, und zuletzt unsere Decknamen. Welchen willst du?, fragte er mich, als ich an der Reihe war. Eigentlich wollte ich Ernesto heißen, aber den Namen hatte sich schon ein anderer gekrallt, also nannte ich den erstbesten, der mir einfiel. Enrique. Dann gab uns Pancho das Losungswort: *Sieht nach Regen aus,* sollten wir sagen, wenn uns jemand mit den Worten *Was für ein kalter Morgen* ansprach (höchstwahrscheinlich Pancho selbst, es bestand aber auch die Möglichkeit, dass es ein anderer Genosse war). Dann mussten wir entweder sagen *So schlimm wird es nicht werden,* was so viel hieß, wie dass sich in unserer Straße keine Ultrarechten hatten blicken lassen, oder *Es wird schütten,* was das Gegenteil bedeutete. Mir übertrugen sie die Überwachung einer Straße in der Nähe meiner Wohnung. Als ich fragte, welche Ultrarechten ich überwachen sollte, konnte mir niemand meine Frage beantworten. Anschließend begaben wir uns einer nach dem anderen an unsere Einsatzorte.

Es waren zwei der schlimmsten Stunden meines Lebens, die ich mit dem Herumsitzen in einer Straße zubrachte, in der keine Menschenseele zu sehen war, in die Observierung verschlossener Häuser vertieft. Ich wusste, dass ich ebenfalls beobachtet wurde, und verstand gut die Neugier derjenigen, die mich beobachteten, und dass sie damit irgendwie Recht hatten: Nur ein Verrückter war imstande, in einer menschenleeren Straße herumzusitzen, versunken in die Betrachtung des Nichts und dem Risiko ausgesetzt, von einem durchfahrenden Militärfahrzeug aufgegriffen zu werden. Einmal sah ich ein paar Kinder, die mich von einem Fenster aus beobachteten. Ein anderes Mal trat eine Frau mit ihrem Hund in den Vorhof (der Hund wollte hinaus auf die Straße, aber die Frau hielt ihn zurück, und wir sprachen eine Weile miteinander). Ansonsten bemerkte ich in dem Haus oder den Häusern der mutmaßlichen Rechten keine Aktivitäten, wozu auch? Die Arbeit erledigten andere, und den Flugzeugen nach zu urteilen, die ich von Zeit zu Zeit wie im Traum von Wolke zu Wolke vorbeifliegen sah, machten sie das tadellos.

Als ich endlich besagten Pancho auftauchen sah, wollte ich nur noch weg. Er kam nicht allein. Ein langer Lulatsch, jung, mit nassem Haar, wie frisch gewaschen, begleitete ihn. *Was für ein kalter Morgen,* sagte er. Plötzlich merkte ich, dass ich mich nicht mehr an das Losungswort erinnerte, und sagte ihm das. Ich kann mich an das Losungswort nicht erinnern, Genosse, sagte ich, aber hier ist alles ruhig (tatsächlich waren wir das Einzige, was aus der neuen Normalität der Straße herausfiel). Was stehen wir hier herum?, dachte ich. Besagter Pancho sah mich an, als würde er mich nicht kennen und als befürchtete er eine Falle oder Schlimmeres. Sein Begleiter, das sah ich seinem Gesicht an, mit dem er meine Entschuldigung aufnahm, schien gewillt, sich mir auf der Stelle mit Fäusten verständlich zu machen. *Was für ein kalter Morgen,* insistierte der Chef der Zelle. Diesmal beschloss ich, gar nicht erst darauf einzugehen und einen knappen Bericht der vergangenen zwei Stunden zu liefern: Es gebe keinerlei Anzeichen für ultrarechte Umtriebe, sagte ich, die Leute würden auf mich einen eingeschüchterten Eindruck machten, Militärpatrouillen hätte ich keine gesehen, nur eine Frau, die mit ihrem Hund auf den Hof hinausgetreten sei, habe mir gesagt, die Moneda werde bombardiert. *Was für ein kalter Morgen,* wiederholte Pancho, und ich weiß nicht, warum ich in diesem Moment einen Anflug zärtlicher Gefühle für ihn, für den ihn begleitenden Gorilla und für mich selbst empfand, der ich kein Buch mitgenommen hatte, um mir die lange Wartezeit zu vertreiben.

Einer von uns beiden musste nachgeben, aber weder er noch ich waren dazu bereit. Wir fragten, wir antworteten, einer für den anderen unrettbar verloren.

VATERLAND

Vaterland

Mein Vater war Boxchampion, der mutigste, der unberechenbarste, der listigste, der beste …

Als er seinen Beruf an den Nagel hängte, bot ihm Kommissar Carner aus Concepcion einen Job bei der Kripo an. Mein Vater lachte und schüttelte den Kopf, wer zum Teufel habe ihm bloß diesen Floh ins Ohr gesetzt. Der Polizeichef antwortete, einen Diener des Gesetzes rieche er schon von weitem. Ein untrügliches Gespür. Mein Vater sagte, das Gesetz gehe ihm am Arsch vorbei, außerdem fehle ihm, bei allem Respekt, zum Schieben ruhiger Kugeln das Talent. Ich arbeite gern, sagte er, nehmen Sie es mir nicht krumm. Der Polizeichef verstand, dass der Boxer, obwohl betrunken, das ernst meinte. Er nahm es ihm nicht krumm. Seltsam, sagte er, normalerweise rieche ich einen Polizisten auf zwanzig Kilometer Entfernung. Die guten, versteht sich. Verarsch mich nicht, Carner, was du suchst, ist ein Schwergewichtler, der dir deine Ganoven vermöbelt, sagte mein Vater. Nie im Leben, sagte der Kommissar, ich bin ein moderner Bulle. Modern oder nicht, Carner las Bücher der Rosenkreuzer und war, ohne es damit zu übertreiben, ein Anhänger von John William Burr, dem heute vergessenen Werbebotschafter der Metempsychose. Noch heute liegen bei mir zu Hause Pamphlete von Burr herum, herausgegeben von El Círculo aus Valparaíso und von der Asociación Gustavo Peña aus Lima, die mein Vater in weiser Voraussicht nie gelesen hat.

Soweit ich mich erinnere, las mein Vater nur die Sportberichterstattung der Zeitungen: Er besaß ein Album mit Ausschnitten und Fotos, das er wie seinen Augapfel hütete und das seine Faustkampfkarriere getreulich nachzeichnete, von seinen Anfängen im Amateurboxsport bis zum Gewinn des bronzenen Gürtels als Südamerikameister im Schwergewicht. (Außerdem mochte er Fußball und Pferderennen und Tejo und Kokain und Schwimmsport und Westernfilme ...)

Mein Vater ging natürlich nie zur Polizei. Nach seinem Rückzug vom Boxsport eröffnete er einen Soda-Brunnen, wie man die ersten Imbissläden damals nannte, und heiratete meine im dritten Monat schwangere Mutter. Kurz darauf kam ich zur Welt, der Dichter der Familie.

Der Schwachkopf der Familie

Alles begann vor vielen Jahren, am 11. September 1973 um sieben Uhr morgens in der Bibliothek des Landhauses von Antonio Narváez, einem Gynäkologen von anerkanntem Ruf und in seiner Freizeit Förderer der Schönen Künste. Vor meinen von Müdigkeit geröteten Augen lümmelten sich rund zwanzig Personen auf Sofas und Teppichen! Alle hatten in dieser Nacht bis zum Gehtnichtmehr getrunken und gestritten! Alle hatten in dieser endlosen Nacht bis zum Gehtnichtmehr gelacht und Pläne geschmiedet und getanzt! Alle außer mir. Dann, um sieben oder acht Uhr morgens, stieg ich auf Bitten des Gastgebers und seiner Frau auf einen Stuhl und begann ein Gedicht vorzutragen, um die Stimmung zu heben und die Zeit zu überbrücken, bis der Kaffee etwas abgekühlt war, ein Kaffee von außerordentlicher Güte, den Antonio Narváez sich auf dem Schwarzmarkt besorgte und den er zur Ertüchtigung des Körpers mit einem Schuss Pisco oder Whisky servierte, um im nächsten Schritt die Vorhänge aufzuziehen und die ersten Strahlen der Sonne hereinzulassen, die schon über den Kämmen der Anden heraufzog.

Gut, ich stieg also auf den Stuhl, und die Hausherren baten um kurzes Schweigen! Das war meine Spezialität. Der Grund, warum man mich zu diesen Festen einlud. Vor einem Auditorium aus bekannten Gestalten, die an der Universität von Concepción arbeiteten oder studierten, Gesichtern, die von Film- und Theateraufführungen her vertraut waren oder die ich bei früheren Landpartien am selben Ort gesehen hatte, anlässlich der literarischen Stegreifpartys, wie sie Dr. Narváez mit Vorliebe anberaumte, rezitierte ich aus dem Gedächtnis eines der besten Gedichte von Nicanor Parra. Meine Stimme bebte. Meine gestikulierenden Hände zitterten. Aber ich glaube nach wie vor, dass es ein gutes Gedicht ist, obwohl es damals mit Abnicken der einen und sichtlicher Missbilligung der anderen aufgenommen wurde. Ich erinnere mich, dass mir, als ich auf den Stuhl stieg, bewusst wurde, dass auch ich in dieser Nacht gesoffen hatte wie ein Kosak. Es war ein Stuhl aus Araukarienholz, und von dort oben schienen der Boden, die Arabesken des Teppichs unendlich weit entfernt.

Ich nahm eben den fünfzehnten Vers in Angriff, als ein Mädchen und zwei Typen in der Küchentür erschienen und die Nachricht brachten. Über Radio werde verbreitet, in Santiago sei ein Militärputsch in vollem Gange. *Blitzkrieg* oder *Anschluss*, was spielte das für eine Rolle, die chilenische Armee marschierte.

Das war kaum gesagt, als eine Stampede losbrach, erst in Richtung Küche, dann in Richtung Tür zur Straße, als hätten plötzlich alle den Verstand verloren.

Ich erinnere mich, dass in der allgemeinen Auflösung jemand schrie, ich solle die Klappe halten, woraus ich schloss, dass ich noch immer rezitierte. Ich erinnere auch Beleidigungen, Drohungen, ungläubige Ausrufe, Mienen, die zwischen heldenmütiger Verklärtheit und Entsetzen wechselten, alles durcheinander und unfertig, während ich, in einen Vers verheddert, herumstotterte und in alle Ecken schaute, der Letzte, der begriff, was sich über der Republik zusammenbraute. Die Lawine der nach draußen stürmenden Menschen brachte meinen Stuhl ins Wanken, und ich fiel vornüber zu Boden. Der Aufprall war abrupt und schmerzlos. Halb ohnmächtig dachte ich noch, dass ich nie vollständig das Bewusstsein verlor. Dann wurde alles schwarz.

Als ich erwachte, war niemand mehr im Haus, außer einem Mädchen, auf dessen Schoß mein Kopf ruhte. Zuerst erkannte ich sie nicht. Es war jedoch nicht das erste Mal, dass ich sie sah, in dieser Nacht hatte ich ein paar Worte mit ihr gewechselt, und schon vorher hatten wir uns ein paar Mal in der Werkstatt von Fernández oder Cherniakovski getroffen, genau konnte ich das in dem Moment nicht sagen.

Sie hatte mir einen feuchten Lappen auf die Stirn gelegt, der mir Schüttelfrost verursachte. Jemand hatte die Vorhänge aufgezogen. Ein Fenster im oberen Stockwerk klapperte im Wind und erzeugte ein Geräusch, ähnlich einem Metronom. Die Stille und das Licht in der Bibliothek umfingen uns auf gleichsam übernatürliche Weise: Die Luft wirkte anders, leuchtend, neu, Mischung sich überlagernder Wände, hinter denen das Abenteuer wartete oder der Tod. Ich schaute auf die Uhr, nur zehn Minuten waren vergangen. Daraufhin sagte sie, steh auf, wir müssen so schnell wie möglich gehen. Wie ein Geist richtete ich mich auf. Will sagen, leicht wie ein Geist. Leicht wie eine Feder. Ich war zwanzig! Ich stand auf und folgte ihr. Auf der Straße fanden wir einen VW Käfer mit grünen Kotflügeln und leopardenfellbezogenen Sitzen. Wir stiegen ein und fuhren los. Ich war zwanzig und zum ersten Mal im Leben verliebt! Das wusste ich sofort … Und ohne dass ich es hätte vermeiden können, brach ich in Tränen aus.

Die rechte Seite

Sie hieß Patricia Arancibia und war einundzwanzig. Sie lebte in Nacimiento, dem Städtchen der Kunsttöpfer, in einem zweigeschossigen Haus aus Stein und Holz, etwas außerhalb, auf einem kahlen Hügel, von dem aus man das Tal in seiner gesamten Ausdehnung vor Augen hatte. Während der Fahrt machte ich nur zweimal den Mund auf: das erste Mal, um zu fragen, wohin wir führen, das zweite Mal, um ihr zu sagen, ihre Augen seien so blau wie die Flüsse in der Provinz Bío-Bío. Sieben Flüsse hat die Provinz, sagte sie und schaute mich aus dem Augenwinkel an, während sie über Pisten brauste, die uns in Windeseile von Los Ángeles entfernten: Den Mulchén, den Vergara, den Laja, den Renaico, den Bureo, den Duqueco und den Vater von allen, den Bío-Bío. Alle sind verschieden. In Farbe und Verlauf. Manchmal, ganz selten, sind alle sieben blau, mit großen grünen Zungen an stillen Stellen, die meiste Zeit jedoch fließen sie dahin mit einer Farbe wie von Stein. Dunklem Stein, mit smaragdgrüner und violetter Maserung, vor allem, wenn die Winter lang sind, sagte sie traurig.

Auf den ersten Blick sah ihr Haus aus wie das Haus im Film *Psycho*. Der einzige Unterschied waren die Steintreppe und die Landschaft. Vom Haus von Patricia Arancibia aus präsentierte sich die Landschaft offen, prachtvoll und trostlos. Von Normans Haus aus sieht man bekanntlich nur die alte Straße und den Sumpf. Sie parkte den Wagen in einem Schuppen aus verwitterten Brettern. Die Haustür war nicht abgeschlossen. Ich folgte ihr ins Wohnzimmer: ein riesiger Raum voller Bilder und Bücher. Mein Vater ist Maler, sagte Patricia. Die Bilder gehörten ihr. Während sie Tee kochte, sah ich sie mir an. Auf fast allen stand im Mittelpunkt eine Frau, deren Züge leichte Ähnlichkeit mit der meiner Retterin besaßen. Meine Mutter, erklärte sie und reichte mir eine dampfende Tasse Tee. Auf ein Zeichen von ihr setzte ich mich in einen Sessel und hielt still, während sie meinen Kopf untersuchte. Alles in Ordnung, sagte sie, aber seltsam, dass du so lange ohnmächtig warst. Wo sind die anderen hin?, fragte ich. Nach Hause, in ihre Parteibüros, zur Arbeit, ich weiß nicht ... Warum hast du den Bío-Bío den Vater und nicht die Mutter aller Flüsse genannt? Patricia lachte. Du solltest mal zum Arzt gehen. Wegen deinem Kopf. Mir geht es prima, sagte ich. Es gab da mal einen ziemlich guten Grafiker, der gestürzt war oder umgerannt wurde, kurz, dem etwas Ähnliches passiert ist wie dir. Sie brachten ihn ins Krankenhaus. Nach zwei Tagen hatte er sich erholt, so schien es jedenfalls. Äußerlich strotzte er vor Gesundheit, und die Krankenschwestern hatten nichts einzuwenden, als er Papier und Bleistift verlangte, um zu arbeiten. Das Erste, was er zeichnen wollte, war ein Porträt einer besonders netten Krankenschwester. Die Krankenschwester, geschmeichelt, saß ihm Modell. Als er fertig war, stellten sie fest, dass er nur die rechte Seite der Krankenschwester gezeichnet hatte. Zum Vergleich baten sie ihn, einen Tisch zu zeichnen. Er zeichnete die rechte Hälfte des Tischs. Als die Ärzte ihn darauf aufmerksam machten, beharrte der Grafiker darauf, dass die Zeichnung fix und fertig sei. Sie probierten es mit anderen Motiven, und das Ergebnis war immer das gleiche. Der Grafiker zeichnete nur, was er sah, und hatte die linke Seite der Dinge aus dem Auge verloren ...

Ich sehe alles vollständig, murmelte ich. Ich sehe deine linke und deine rechte Seite. Für mich ist der Bío-Bío der Vater der Flüsse, auf die gleiche Weise, wie der Vulkan Antuco die Mutter der Vulkane ist. Es müsste umgekehrt sein, sagte ich, die Vulkane Väter und die Flüsse Mütter. Patricia Arancibia lachte. Ich lebe mit einer Angestellten meiner Familie, sagte sie. Weißt du, wie sie heißt? Crescencia Copahue. Sie ist siebzig. Sie war das Kindermädchen meines Vaters, eigentlich ist sie wie ein Teil der Familie. Weißt du, was der Copahue ist? Keine Ahnung, sagte ich. Ein Vulkan. Der Copahue ist einer der sieben Vulkane von Bío-Bío. Hast du vorher noch nie Bilder von meinem Vater gesehen? Nein, sagte ich. Nicht einmal seinen Namen habe ich gehört. Am Copahue gab es Thermalbäder, zu denen wir fuhren, als ich klein war. Mein Vater hat Vulkane gemalt, vor vielen Jahren, die Leinwände sind jetzt alle verkauft oder verbrannt.

Ich lebe allein. Meine Mutter und mein Vater leben in Santiago. Sie lieben sich wie verrückt, sagte sie mit verschmitztem Lächeln. Ich lebe mit Crescencia, sie ist jetzt hier. Irgendwo im Haus und hört Radio. Wahrscheinlich liegt sie da und lauscht den militärischen Bekanntmachungen. Aber sie steht demnächst auf und wird uns was zu essen bringen. Weißt du, wie die sieben Vulkane von Bío-Bío heißen? Copahue, Tolhuaca, Collapén, Pemehue, Sierra Velluda, Maya-Maya und, der schönste von allen, Antuco. Warum schließt du die Augen? Ich habe mir die Vulkane vorgestellt, sagte ich, ich sah sie wie Mauern, die uns nicht hinauslassen. Wegen dem Putsch? So darfst du sie nicht sehen, sagte die sanfte Stimme.

Auch mein Vater empfand sie als Gefängnis, vielleicht ist er deshalb nach Santiago gezogen. Gefängnis für sein Talent. Der Grafiker, der nur die rechte Seite sah, lebt er noch? Nein, er ist vor langer Zeit gestorben, in New York, in den dreißiger Jahren, vor dem Zweiten Weltkrieg. Er hieß Richard Luciano, und seine Zeichnungen überdauern in einigen neuropathologischen Abhandlungen. In medizinischen Lehrbüchern zu enden, wie traurig!, sagte ich mit Augen, in denen Tränen standen. Glaub das nicht, sagte die sanfte Stimme. Ein wenig besser als in einem Museum. Das Leben schlägt viele Kapriolen, das Abenteuer endet nie …

Wohin fuhr Patricia Arancibia an jenem Morgen? In den Himmel oder in die Hölle?

Der blitzblanke VW Käfer glitt über die Wege von Bío-Bío dahin wie auf einem Förderband. Er bremste und beschleunigte von der Sonne, ihren warmen Strahlen angetrieben, die auf das Leopardenfell fielen. Und Patricia Arancibia, ohne schwarze Autofahrerbrille, die ihre Augen verborgen hätte, spähte nach Wegen und wählte den besten. Unter Pappeln oder auf Ochsenpfaden, an Pferdekoppeln entlang, im Umland von Coigüe oder Santa Fe, zur Stunde des Angelus der Tagediebe, bewegten sich ihre gertenschlanken Beine sicher im Bauch des Leoparden und traten die gewünschte Geschwindigkeit ins Pedal. Sie trug schwarze Lederstiefeletten mit paspelierten Silberschnallen, magentafarbene Baumwollstrümpfe, einen knielangen schwarzen Rock mit hochgeschlossenem Bund wie zum Reiten, eine braune Satinbluse mit schwarzen, perlförmigen Knöpfen; auf dem Rücksitz achtlos hingeworfen ein Lammfellmantel Marke Vedette fünfziger Jahre. Ab und an brachte sie den Wagen in einer Staubwolke zum Stehen und zog eine Karte zu Rate, die sie dem Handschuhfach entnahm. Die Szene erinnerte an Werbung für einen wilden Duft: Mit ihren langen Fingern fuhr sie die roten Linien entlang und kniff entschlossen die Lippen zusammen. Dann verließ das Auto langsam die Staubwolke, als würde es einem Ei entschlüpfen. Einem Ei aus Stein, Licht und Luft, flüchtig wie eine Fliege. Dem Ei der Vulkane. Und so nahm der blitzblanke Käfer wieder Fahrt auf. Zurück blieb die im Geäst der Bäume zerbröckelnde Schale. Die Karte landete wieder im Handschuhfach, die Hände umklammerten das Lenkrad, und das Auto setzte seine Reise fort.

»Wohin fahren wir?«, fragte ich mit erschrockener Stimme.

(Als ich klein war, spielte ich mit meinen Geschwistern Glückliche-Momente-in-Statuen-Verwandeln … Wenn jemand, ein Engel, der uns vielleicht vom Himmel aus beobachtete, den VW und die Schlaglöcher zur Statue gemacht hätte … Den Thron aus Leopardenfell zur Statue … Die Geschwindigkeit und die Flucht zur Statue …)

Sie beschleunigte ohne Zaudern. Machen Sie sich keine Sorgen, Herr Belano, sagte sie spöttisch, wir werden uns nicht verirren … wir werden uns mitnichten verirren … *Mit ihren Lippen,* wie es bei einem berühmten Übersetzer des Vergil heißt, *tropfte sie Ambrosiasäft'*.

Von Eliseo Arancibia an Rigoberto Belano

Ich habe vier Briefe von Ihnen erhalten, und ich finde, das reicht. Wühlen Sie nicht im Schmerz meiner Familie. Belasten Sie nicht das Andenken meiner Tochter durch Mutmaßungen und Unterstellungen. Ich bitte Sie, hören Sie auf. Die Fakten sind klar, und ich sehe nicht, warum ich Ihnen und Ihren Vermutungen mehr glauben sollte, als dem Gutachten der Polizei. Gott hat gewollt, dass unsere Tochter uns in der Blüte ihres Lebens verlässt, und das ist bedauerlicherweise alles.

Der Bitte, Ihnen Patricias Papiere zuzuschicken, kann ich nicht entsprechen. Ich weiß nicht, welche Papiere Sie meinen. Und wenn ich es wüsste, fürchte ich, dass Sie nicht der geeignete Empfänger wären. Wenn die Zeit die Wunden heilt, werde ich mit Ruhe und Geduld das verstreute Werk meiner Tochter zusammentragen und in einer würdigen Ausgabe veröffentlichen. An Verlegerfreunden mangelt es mir nicht. Ich bitte Sie also inständig, sich nicht die Rolle eines literarischen Testamentsvollstreckers anzumaßen, die Ihnen niemand übertragen hat.

Zu guter Letzt: Instrumentalisieren Sie nicht das Verschwinden meiner Tochter. Weder für politische noch für literarische Zwecke. Darauf zu bestehen, sehe ich mich in der traurigen Pflicht. Sie haben dazu kein Recht. Patricia war das ordinäre Gebaren zuwider, das ich hinter Ihren Absichten zu ahnen glaube. Überflüssig, zu sagen, dass ich im Zweifelsfall nicht zögern werde, rechtliche Schritte zu ergreifen.

Wenn meine Worte Ihnen hart erscheinen, tut es mir leid. Ich hoffe, Sie können mich verstehen, ich bin ein am Boden zerstörter Vater.

Sie dagegen sind ein junger Bursche und müssen an die Zukunft denken.

Ich füge meinem Brief unsere Zeitschrift *Chilenische Maler von hüben und drüben* bei, mit einer biografischen Skizze von Onésimo Echaurren, die Ihnen vielleicht gefällt.

Trauerrede, gelesen vom stellvertretenden Sekretär der Chilenischen Gesellschaft der Schönen Künste. Veröffentlicht in der Dreimonatsschrift Chilenische Maler von hüben und drüben, 1974. Teilabdruck im Todesanzeigenteil von El Mercurio, 1973. Vollständige Fassung

Wir stehen hier versammelt, Freunde und Kollegen, um eine zarte Rose, um die noch taufrischen Blütenblätter einer Blume, der herrlichsten, glutvollsten, rätselhaftesten, allzu früh entrissen dem Busen der Natur, der Allmutter, Mutter der Blinden wie der Sehenden, der schöpferischen Menschen wie der dunklen Wesen, des Künstlers, der versteht und transzendiert, ebenso wie des Zombies, der scheußlichen, afrikanisch-haitianischen Ausgeburt.

Als sich schon das Ende der fürchterlichen Dürre abzuzeichnen schien, als eben über der kältestarren Brust des Vaterlandes das Getöse der Geierschwärme, die unserem innig geliebten Kondor die Flügel kappen wollten, wie ein schlechter Traum verpuffte, da der Gabelhirsch schon wieder durch die rekonvaleszenten Täler tollt und Alt und Jung das Sturmläuten hört, zur Verkündigung, dass die Republik mit neuer Kraft und neuem Elan ausschreitet, erreichte unsere Heime wie ein letzter Prankenhieb der Nacht die Nachricht, jene todtraurige Nachricht, die uns unvorhergewarnt in einen ohnmächt'gen Strudel schubst.

Ich darf sagen, dass ich sie zur Welt kommen sah; die Freundschaft, dieses heilige und geheimnisvolle Band, gewährte mir das freudige Privileg, sie heranwachsen zu sehen. Wie könnte man jetzt nicht ihr Kindergesicht vor Augen haben, erleuchtet von meinen vier Kupferlampen (die weniger Kupferlampen als Fackeln schienen), bettelnd, dass ich ihr noch eine Geschichte läse, eine mehr in einer langen Liste. Unvergessliche Nachmittage, umrahmt vom stolzen Licht der Provinz Temuco, auf meinem Landgut, dessen Name, La Refalosa, sich nicht, wie einige Feinde insinuiert haben, einem Rechtschreibfehler verdankt, vielmehr dem ursprünglichen und eingeborenen Willen meiner Altvorderen, den zu bewahren mir eine Ehre ist.

Ich sehe, als befände ich mich im Theater und als hätte die Zeit, diese vergessliche Freundin, ihren Kometenschweif nicht geschwungen, die weiträumige Galerie von La Refalosa, mit den aufgerichteten Staffeleien und den präparierten, zur Malerei bereiten Paletten; jenseits davon den Garten; an seinen Grenzen die Cowboy spielenden Kinder (jene Kinder, die heute Jura oder Volkswirtschaft studieren!); die Bauern in bescheidener, insgesamt aber reinlicher Kluft und frohgemuter Haltung, die sich der gepflügten Erde zuwenden; und, heureka!, unsere frühreife, achtjährige Amazone, die, Botticelli'sche Venus, fantastische Kindfrau à la Max Ernst, ein auf trotzige Weise göttliches Geschöpf wie von der Hand eines Alberto Ortega Basauris, auf dem Rücken meiner Stute Polvito den Pfaden des Rosengartens entsteigt.

Gebenedeiter Anblick! Beschwingt wie die Engel, ruft ihre Erscheinung maßloses Staunen hervor, dem vergleichbar, das einzig dem Gedicht, bildnerisch oder sprachlich, vorbehalten scheint. Versonnene Wanderin in imaginären Welten, hat sie ihre geliebten Eltern und den erlesenen Kreis, dem diese angehörten, von frühster Kindheit an mit ihrem Geist und ihrer Schönheit entzückt. Ohne zu zögern, behaupte ich, dass sie von Eliseo Arancibia die unerschütterliche und neugierige Intelligenz hatte, von Elena Múgica Echevarría die Schönheit und Anmut, die ihr bis zur letzten Dämmrung eine Zierde waren.

Als Beispiel für ihren scharfen Verstand sei erwähnt, dass sie sich schon mit zehn Jahren über die Spielarten des kreolischen und französischen Surrealismus auslassen konnte. Sie bewunderte das Werk unseres unvergessenen und innig geliebten Juan Miguel Marot und wusste den überschätzten Pinsel von Roberto Antonio Matta zielsicher zu entzaubern. Entzückt hörten wir Älteren, die lustige Clique der Gruppe Hüben und Drüben, die damals gerade die Grenze der vierzig überschritt (ach, glückseliges Alter!), wie sie mit ihrem selbstbewussten, ernsten Stimmchen sagte, wobei ihr Körper wie ein Harlekin auf den Knien ihres angebeteten Papas thronte, der größte Fehler von Leonora Carrington sei ihre unerträgliche Magerkeit.

Ich habe gesagt: Die Begabung des Vaters und die Schönheit der Mutter, die ihr das Leben schenkte, aber noch etwas, noch etwas, das, wenn ich das so sagen darf, nur das geschulte Auge des Künstlers zu erspähen vermag: Ein Charakter (und der Charakter, wer wüsste das nicht, ist die Heimstatt der Begabung, sein Palast und Schlupfwinkel), ein Charakter, sage ich, einzig- und eigenartig, unveräußerlich. Ein in Feuer gemeißelter Charakter. Charakter einer Chilenin und Engländerin auch, der dem scharfsinnigsten Psychologen den Kiefer verrenkt hätte.

Alles besaß sie (alles, was ein Mensch in seinem einundzwanzigsten Jahr überhaupt nur besitzen kann), aber sie war kein verwöhntes Kind. Gute Tochter, gute Schülerin, gute Freundin, beharrlich in allem, was sie unternahm, frei wie ein Vogel; manchmal glaubten diese meine müden Augen einen Menschen vor sich zu sehen, der auf ein ganzes, an Erfahrungen und Wechselfällen reiches Leben zurückschauen konnte, und nicht eine Person, eine vortreffliche Person, die 1952 zur Welt kam. So groß waren ihre Liebenswürdigkeit und ihre Sanftmut, ihre Verständigkeit und Grazie.

Zum letzten Mal sah ich sie acht oder neun Monate vor ihrem Tod, in jener Ausstellung, die ihr Vater im Círculo Francés von Santiago auf die Beine gestellt hatte. Überflüssig zu sagen, dass sie längst zur Frau gereift war. Wie immer drangen ihr das Leben und die Begabung aus allen Poren. Wir wechselten einige wenige Worte. Ich erfuhr, dass sie Literatur an der Universität von Concepción studierte, dass sie Gedichte schrieb (ich bat sie, mir an Ort und Stelle eines vorzutragen, was sie mit unaufgeblasener Bescheidenheit prompt für unpassend erklärte), dass sie für Ende des Jahres eine Reise nach Europa plante, dass sie allein oder, richtiger, mit ihrer alten Mapuche-Nanny in ihrem bezaubernden, verzauberten Haus in Nacimiento lebte, dass sie seit einiger Zeit nicht mehr zeichnete. Letzteres bezeichnete ich als großes Unglück, und sie verehrte mir eine Kostprobe ihres Lachens, kristallklar, freimütig und von strotzender Gesundheit.

Nach der Ausstellung gaben wir ein Fest zu Ehren von Eliseo im Hause Ortega Basauri. Einige werden sich noch mit Zärtlichkeit und Wehmut an jenes Treffen erinnern. Wir versammelten uns, die Gründer wie die Grünschnäbel von Hüben und Drüben, in fruchtbringender Kameradschaft. Es waren keine leichten Zeiten damals, aber wir ließen uns nicht bange machen. Patricia erschien dort auch, obgleich nur für ein Weilchen, in Begleitung ihrer Eltern und einer Freundin, mit der sie nach Viña del Mar zu fahren im Sinn hatte. Umringt von Journalisten und Unbekannten, die zu einer breiten Palette von Angelegenheiten meine Meinung suchten, wurde es uns unmöglich, zueinanderzufinden. Nach besagter Weile waren sie und ihre Freundin fort, und Eliseo nahm es auf sich, mir ihren Abschiedsgruß zu übermitteln.

Ahnte ich womöglich, dass es das letzte Mal sein würde?

Wer weiß das schon!

Ich weiß nur, dass ich weinte wie ein Kind, als Eliseo mich Monate später anrief, um mir die Nachricht mitzuteilen. Und in das kathartische Weinen stimmten meine Frau und mein Sohn Juan Carlos mit ein.

Sie ist gegangen. Sie hat sich entfernt von unseren Elendigkeiten und Drangsalen. Sie weilt nicht mehr unter uns. Gott hat uns ihres Lachens und ihres Anblicks beraubt. Wir alle haben verloren. Ganz Chile hat verloren. Ihr Tod könnte das beste Argument sein, allen Mut sausen zu lassen.

Gleichwohl muss man nach vorn blicken. Ist es notwendig, nach vorn zu blicken. Heute mehr denn je.

Abschließend möchte ich sagen, dass Patricia die Nacht liebte. Sie liebte sie für das Geschenk und den Trost der Sterne, das verriet sie uns, ihrem Vater und mir, eines schon fernen (reinen und fernen) Tages auf der gigantischen Galerie von La Refalosa bei einem Glas kalten Tees nach einem anstrengenden Tagwerk. In der gigantischen Nacht, derselben, in der wir alle uns dereinst unweigerlich verlieren, funkeln die Sterne. Sie ist unser Kreuz des Südens. Ihr zur Seite breitet das Firmament einen Mantel aus Sternen und Lichtern. Dort lebt Patricia. Dort erwartet sie uns.

Der mit dem breitesten Bett. Der, der die Grenze markiert. Der schönste Fluss am Arsch der Welt

Das sind nicht die Wege der Konterrevolution, sagte Patricia Arancibia, während ich zitterte, das sind die Wege von Los Ángeles, von Nacimiento, der Provinz Bío-Bío. Fahren wir zu mir nach Hause.

Die Messerschmitt

Im Dezember sahen ein paar Glückspilze das alte Flugzeug über Concepción hinwegfliegen. Es war um die Stunde, da die Sonne im Pazifik versinkt und auf die Inseln zurollt, auf die glücklichen Gefilde, auch auf Japan und die Philippinen zu. Das Flugzeug tauchte von Norden her auf, als käme es von Tomé, flog über Talcahuano ein und schwebte eine ganze Weile über Concepción. Ich befand mich in der zum Gehege für politische Gefangene umfunktionierten Polizeisporthalle, erholte mich von meiner letzten Tracht Prügel, und frage mich, woher ich die Kraft nahm, aus dem Fenster zu schauen, frage mich, woher ich die Gewissheit nahm, dass es wichtig sei, das Flugzeug zu sehen.

Es war Gaspar Yáñez, der sagte, eine Messerschmitt fliege über die Stadt. Eine was? Eine Messerschmitt, Freunde, ein Flugzeug aus dem Dritten Reich, genauer gesagt – lasst mich mal sehen – eine ME 109, das Juwel der Luftwaffe, zwei Maschinengewehre fünfzehn Millimeter und eine Dreißig-Millimeter-Bordkanone. Und was macht sie da?, fragten die Gefangenen. Einige Sekunden studierte Gaspar Yáñez das rote Geviert … Luftakrobatik! Kapriolen! Loopings! Salto mortale! Der Pilot muss verrückt sein vor Glück!

Ich erinnere mich, dass im Innern der Sporthalle ein dunkelgelbes Licht glomm und dass alle Gesichter Gaspar Yáñez zugewandt waren, der wie ein Pirat am Fenster hing. Bei der Muschi seiner Mutter, was für ein Pilot, was für ein Flugzeug, was für ein Schauspiel! Die am Boden sitzenden Männer und Frauen lauschten schweigend: Das Gesicht von Gaspar Yáñez, hager und knochig, mit der breiten Nase und den dicken Lippen, schien im Rot der Dämmerung zu verglühen.

Das waren die Jäger der Schlacht um England, sagte er wie im Gebet. Warte nur, bis ein Hawker Hunter auftaucht, dann wirst du schon sehen, was mit deinem Jäger passiert, giftete jemand aus einer dunklen Ecke. Nie verdankten so viele so wenigen so viel, sentenzte der Dekan der juristischen Fakultät, der auf einer schmutzigen Matratze zwischen zwei Bergleuten aus Lota döste.

Aber der scheint noch irgendeinen anderen Trick draufzuhaben, rief Gaspar. Guckt mal, guckt mal, der stößt Rauch aus! Welche Schönheit, Herrschaften! Welche Eleganz, welche Grazie! Dass mir keiner abfällig über deutsche Ingenieurkunst redet! Kommt Rauch aus der Maschine, stürzt sie ab?, fragte eine Frau von etwa fünfzig Jahren. Ach was, der und abstürzen! Er schreibt was in den Himmel. Verdammt, was schreibt er, was schreibt er?, rief Gaspar verzweifelt. Dann sprang ich über die Decken, Matratzen und Körper und drängte mich ans Fenster.

Durch die Gitterstäbe sah ich das Flugzeug, die lautlosen Propeller, das quadratische Profil der Flügel, so wie es in der Zeitschrift *Spitfire* abgebildet war, der stahlblaue Jäger der Feinde, auf seltsame Weise schön. Und dann sah ich die Worte, den dicken, vom Wind rasch ausgedünnten Schriftzug. Der dunkle Text, in den Himmel geschrieben, wie wenn einer in der heimlichen Absicht schreibt, nur mittels eines Spiegels verstanden zu werden. Und die zwei Verse, Worte, die ich kannte, gestohlen wie so vieles andere aus dem Haus von Patricia Arancibia.

»Er verkündet ein vulkanisches Getränk!«, sagte Gaspar Yáñez, völlig weggetreten. »Er verkündet den Beginn der faschistischen Literatur, Freunde!«

»Halt's Maul, du Knallkopf«, protestierten einige schlecht gelaunte Bergleute.

Vom anderen Ende der Stadt tauchten zwei Hubschrauber auf. Sie flogen tief, dicht über den Dächern, trugen Tarnfarbe und näherten sich der Zone, wo das Flugzeug seine Arbeit verrichtete. Ich spürte, wie die Luft vibrierte. Luftkampf!, schrie Gaspar. Niemand beachtete ihn. Die Stille hinter uns war atemberaubend. Ich schaute mich um: Die Gefangenen tuschelten, aßen, schliefen, spielten Dame mit Papierschnipseln, hingen ihren Gedanken nach. Die Luftstreitkräfte der chilenischen Armada gegen die Luftwaffe! Hubschrauber von der Insel Quiriquina! Vorwärts, Kinderchen!, schrie Gaspar, während ihm Schaum vor den Mund trat und sein Körper von immer heftigeren Zuckungen geschüttelt wurde. Nicht weniger als vier Mann waren nötig, um ihn vom Fenster wegzuzerren. Ich rührte mich nicht vom Fleck. Die Hubschrauber befanden sich genau unter der Messerschmitt. Dieser Junge braucht einen Arzt, sagte jemand, oder zumindest ein Mejoral. Die Stimme klang völlig unaufgeregt. Eine Frau von den Leuten aus Lota zog sich eine Schachtel Mejoral aus dem BH und reichte dem Mann, der sich um Gaspar kümmerte, eine Tablette. Dessen Stöhnen ähnelte jetzt dem Donnergrollen, das einem Gewitter vorausgeht. Aber keinem chilenischen Gewitter: einem afrikanischen. Mit Sorge beobachtete ich das Aufflattern der Decken, die Hände, die Gaspars Kiefer festhielten, die widersprüchlichen Meinungen, die hin und her flogen, die Schatten der Sporthalle: In Wirklichkeit machten wir weniger den Eindruck von Strafgefangenen als von Irrenhäuslern.

Als ich wieder aus dem Fenster sah, befanden sich die Hubschrauber auf dem Rückflug zu ihren Stützpunkten. Am rötlichen Himmel von Concepción drehte das Flugzeug eine letzte Pirouette und verlor sich in den Wolken … Gaspar riss sich büschelweise Haare aus. Am roten Himmel blieben die grauen, in Luft aufgelösten Worte zurück.

Das Juwel der Luftwaffe

Es war das beste Flugzeug der Welt, der dunklen Seite der Welt, raunte Gaspar Yáñez, auf allen vieren, wie ein verröchelndes mythologisches Tier; die Stimme, das Wispern dicht an meinem Ohr, ließ mich aus dem Schlaf fahren. Alle schlafen, hauchte Gaspar Yáñez: Die Vokale entstiegen seinen von der Dunkelheit und der Angst versteinerten Lippen. Eine senkrechte Bewegung brachte ihn von den Knien bis zu den Handgelenken ins Schlottern. Seltsam, oder? Gedämpft drangen Stimmen und Gelächter und das Geräusch von Wasser aus einem Schlauch herüber. Was ist seltsam?, flüsterte ich noch leiser als der Verrückte, so leise, dass ich fürchtete, nicht gehört zu werden, aber er hatte mich gehört. Das Flugzeug, sagte er. Der Jäger, der über unseren Köpfen kreist. Ich wiederholte, was vorher andere erklärt hatten, dass die FACH ein deutsches Flugzeug als Museumsstück aufbewahren würde, dass sich das deutsche Flugzeug ungefähr seit 1939 in Chile befände, aber während ich das sagte, merkte ich, dass ich an diese Erklärung auch nicht glaubte. Gaspar lächelte (sie hatten ihm am zweiten Tag seiner Inhaftierung fast sämtliche Zähne ausgeschlagen), als könne er meine Gedanken lesen. Wieder hörte ich das Gelächter und den Wasserstrahl, stellte mir den Schlangentanz des Schlauchs im Gemeinschaftshof vor. Sie vergnügen sich, sagte Gaspar, als wollte er ein Thema fallenlassen und plötzlich von dem sprechen, was wirklich wichtig war. Wer? Die Polizisten. Sie schlafen nie, daran muss ihr Gewissen schuld sein oder ein sechster Sinn, der sie vor der Einsamkeit warnt. Diese Büttel haben kein Gewissen, sagte ich. Gaspar seufzte. Seine Lungen machten ein ganz seltsames Geräusch. Ich glaube, die Welt ist voller

Löcher, sagte er, und durch die schlüpfen die Jagdflugzeuge. Hast du mich über die Einsamkeit reden hören? (Seltsame Frage.) Auch so ein Loch, sonst nichts. Ich glaube nicht an solche Sachen, flüsterte ich. Da gibt es nichts zu glauben, sagte Gaspar, ich habe die Flugzeuge selbst bei Morgengrauen fliegen sehen, und das war keine Frage von glauben oder nicht glauben, du sahst die Silhouetten in den Cockpits, die brotkrumenweiße Visage von Hans Marseille, und dir war klar, dass es mehr Trost nicht gab. Trost wofür?, stammelte ich. Meine Vokale wurden ebenfalls zu Stein. Trost für alles, nicht leicht, das zuzugeben, sagte Gaspar. Bloß das Juwel der Luftwaffe am Himmel. Die ME 109, gefolgt von allen Prototypen, sogar von besseren Flugzeugen als der ME 109, muss ich gestehen, obwohl die Zahl den Unterschied macht. Wie, was?, flüsterte ich. Die Zahl der Besatzungsmitglieder, in den anderen fliegen zwei, mein Freund, und das gilt ja nicht. In der ME 109 sitzt nur einer, und dafür braucht man dann schon Eier. In Frankreich starten, über die Wolken steigen, rechtzeitig in England ankommen, um fünf Minuten in einem aus Träumen erzeugten Wind zu kämpfen. Was erzählst du, Mistkerl?, flüsterte ich. Warst du nicht Radiosprecher? Warst du nicht der von »Vorwärts mit den jungen Leuten«? Hat dich der Wahnsinn zum Nazi gemacht? Gaspar bedachte mich mit einem schrecklichen Lächeln, während er den Kopf schüttelte. Dann hob er eine Hand und klopfte mir auf die Schulter. Ohne seine Haltung zu verändern, verlor er sich auf allen vieren in der Dunkelheit in Richtung seiner Schlafstelle. Ich lag noch ziemlich lange wach. Am nächsten Tag holten sie mich in den Hof, verabreichten mir eine Tracht Prügel und warfen mich auf die Straße.

Family Plot

Auswirkungen des Militärputschs innerhalb meiner Familie. Meine Mutter verlor ihre Arbeit als Mathematiklehrerin im Dritten Gymnasium von Concepción. Mein Vater und meine Mutter sprachen wieder miteinander. Mein Bruder David wurde verhaftet und verprügelt: Vierzehn Tage lang suchten meine Eltern nach ihm in den Kommissariaten und Krankenhäusern. Mein Bruder David kam nach einem Monat nach Hause zurück und verharrte weitere dreißig Tage in absolutem Schweigen. Meine Mutter heulte und fragte schreiend, was man ihrem Jungen angetan habe. Mein Vater musterte ihn, tastete ihn ab, sah ihm ins Gesicht und erklärte, das sei nichts, woran mein Bruder David sterben werde. Meine Schwester Elisenda wurde verbittert. Die Mittagessen wurden kärglicher, aber dafür versammelte sich jetzt die ganze Familie um den Tisch. Mein Vater überquerte die Straße, und wir aßen zusammen im Haus meiner Mutter. Oder meine Mutter und wir drei Geschwister überquerten die Straße und aßen zusammen im Haus meines Vaters. Meine Schwester Elisenda sah nicht mehr so viel fern. Mein Bruder David begann jeden Morgen im Patio des Hauses zu trainieren. Er lernte Kampfsportarten im Fernstudium: Karate, Kung-Fu, Judo. Wenn mein Vater ins Haus meiner Mutter kam, beobachtete er ihn heimlich durch das Küchenfenster und lächelte. Mein Bruder David behauptete meiner Mutter gegenüber, er könne meinen Vater mit einem einzigen Karateschlag kaltmachen. Tatsächlich lagen die Nerven innerhalb der Familie ziemlich blank. Meine Mutter fragte sich immer häufiger, was wir noch in diesem Land täten. Mein Vater, der die Regierung Allende für ihre Sportpolitik zu kritisieren pflegte, sprach eine Weile gar nicht mehr über Sport. Mein Bruder David wurde Trotzkist. Meine Schwester Elisenda verbrannte ihre Kinderbücher und weinte anschließend bitterlich. Mein Vater versuchte, fünf- oder sechsmal mit meiner Mutter zu schlafen, und ihren Gesichtern nach zu schließen, ließen die Ergebnisse sehr zu wünschen übrig. Meine Mutter holte ihr altes Liederbuch hervor und spielte wieder auf der Gitarre. Mein Vater machte seinen Soda-Brunnen zu und verkaufte ihn kurz darauf an einen Marineunteroffizier im Ruhestand. Als mein Bruder David zum zweiten Mal verhaftet wurde und sich die Aussichten meiner Schwester auf ein Universitätsstudium in Luft auflösten, sagte meine Mutter, genug sei genug. Sie verkaufte ihr Haus und ihre Möbel und besorgte Flugtickets für Lima. Meine Mutter hätte lieber Flüge nach Madrid gebucht, aber dafür reichte ihr Geld nicht. Meine Mutter weinte, als ich ablehnte, sie zu begleiten. Mein Bruder David nannte mich einen Schwulen und Eunuchen. Ich erwiderte, schwul vielleicht, man könne nie wissen, aber Eunuch sicher nicht. Stichelnd fügte ich hinzu, mein Vater sei der Meinung, Eunuchen wären Leute, die aus Fernost importierte Kampfsportarten ausübten. Mein Bruder wollte mich schlagen. Hau ihm nicht auf den Kopf, schrie meine Mutter. Die Tage, die unserer Abreise vorausgingen, ließen nichts Gutes ahnen. Dann aber versöhnte sich mein Bruder mit mir. Wir umarmten uns alle drei: David, Elisenda und ich. Ich versprach meiner Mutter, Geld aufzutreiben und nachzukommen. Ich versprach auch, mich nicht in Schwierigkeiten zu bringen. Mein Vater und ich begleiteten meine Mutter und meine Geschwister nach Santiago. Als die Maschine startete, begann mein Vater mit sich selbst zu sprechen und biss sich dann auf die Knöchel. Ich verstand seinen Schmerz. Ich stellte mir meine Mutter und meine Geschwister vor, wie sie angeschnallt in ihren Sitzen saßen, traurig, aber voller Energie, gewillt, der Zukunft und was immer sie für sie bereithielt, die Stirn zu bieten. Mein Vater schien mir dagegen völlig am Ende, das Gesicht verknautscht, als hätten sich die äußerlichen Runzeln mit den inneren Runzeln vereinigt. Nie sah er einem schwer angeschlagenen Boxer ähnlicher als damals. Wir fuhren mit dem Zug nach Concepción zurück. Für die Fahrt kaufte mein Vater ein gegrilltes Hühnchen und eine Flasche Wein. Wir aßen und tranken in Intervallen, keine Ahnung, warum. Mein Vater machte kein Auge zu. Manchmal weckte mich das Geräusch, mit dem er einen Hühnerflügel zuzelte, ein sehr eigenartiges Geräusch, er nahm einen Flügel in die Hand und zuzelte ihn genüsslich ab, den Blick ins Dunkel des Waggons verloren. Ich werde sie nie wiedersehen, sagte mein Vater. Zwei Wochen später trafen die ersten Postkarten ein. Die meiner Mutter klang ziemlich optimistisch. Die meines Bruders ähnelte mehr einem Bilder- oder Kreuzworträtsel, nie bin ich hinter ihre Lösung gekommen, wenn sie denn eine hatte. Die meiner Schwester war die blödeste, aber zugleich die, die ich am witzigsten fand, vielleicht wegen ihrer Naivität. Im Wesentlichen erzählte sie von den Einzelheiten der Reise Santiago–Lima. Was ihr am besten gefallen hatte, war der Film, den sie im Flugzeug sah. *Family Plot* von Alfred Hitchcock.

Der Traum

Von der dunklen Stadt begann ich viele Jahre nach dem Tod von Patricia Arancibia zu träumen … Ein Junge, siebzehn Jahre alt, lief die offenen, von hohen Gebäuden flankierten Straßen entlang … Seine Schritte waren lang, fast katzenhaft … Der Junge war siebzehn, keine Ahnung, warum, aber sein Alter stand für mich außer Zweifel … auch sein Mut … Er trug ein weißes Hemd und schwarze, sehr weite Hosen, die der Wind wie eine Fahne bauschte … Er trug Sportschuhe, die einmal weiß gewesen, im Traum aber von undefinierbarer Farbe waren … Er hatte langes Haar, und obwohl sein Gesicht im Schatten blieb, erahnte ich ein Paar dunkler Wolfs- oder Kojotenaugen … Die Straßen waren riesig, manche betoniert, manche gepflastert, aber riesig und leer … Nur der Junge war auf ihnen unterwegs, mit ausgreifenden Schritten, freute sich seines Lebens und dass der Wind in seine Kleider fuhr … Dann erschienen vier oder fünf Personen … Sie und der Junge kannten einander und liefen ein Stück gemeinsam … Dann hielten der Junge und seine Begleiter an einem Wegvorsprung … Unter ihnen gähnte eine Schlucht, und jenseits davon sah man die Silhouetten weiterer Gebäude … In ihrer Mitte erhob sich, imposant wie vier Kathedralen und vier Fußballfelder, das Kino … das Kino Diorama … Der Junge und seine Begleiter bewunderten die dunkle Landschaft und förderten irgendwoher Bier und Drogen zutage … Mit der Zeit wurde ihr Verhalten beunruhigender … Sie gestikulierten, sie stritten … Einer der Typen, ein Dicker mit Schlaghosen, packte den Jungen beim Kragen und warf ihn mitten auf die Straße … Die anderen lachten … Dann tauchte in der Hand des Jungen ein Messer auf, und er ging auf den Dicken zu …

Niemand bemerkte etwas, aber das Gelächter erstarrte ... Der Stoß traf den Dicken in den Magen ... Ich konnte die Spannung im Arm des Jungen spüren ... Seine leicht von Abscheu gefärbte Entschlossenheit ... Ich konnte seine durch die Anstrengung des Arms gedämpfte Abscheu spüren ... Dann brach der Sturm los ...

Ein Schluck für unterwegs

Cherniakovski? Juan Cherniakovski? Iván Cherniakovski? Der Dichter Cherniakovski? Natürlich erinnere ich mich, sagte der Lehrer für Algebra, keiner, der ihn einmal gesehen hat, könnte Cherniakovski vergessen. Er sah so verdammt gut aus, wie man es sich nur erträumen konnte, sagte er, in jenen Jahren, 71 oder 72, waren die Frauen wie verrückt hinter ihm her, na du weißt schon, oder? Ich bin nicht schwul, und wie du mich hier siehst, wirst du denken, dass ich mich nicht die Bohne für Äußerlichkeiten interessiere, aber ich hatte Augen im Kopf oder zumindest weniger Mühe, die Dinge zu unterscheiden, als jetzt, eine Frage von Dioptrien, ideologisch ist alles noch genauso undurchsichtig wie damals, wenn du verstehst, was ich meine, scheint so, als seien die Geschichte und die Menschen auf Konfusion geeicht, ich weiß nicht, Junge, manchmal denke ich, das Normalste wäre, wenn wir uns alle umbrächten, aber zum Glück habe ich meine Teuerste und die Kleinen und ziehe weiter meinen Karren. Wovon sprach ich gerade? Cherniakovski, Juanito Cherniakovski, ein großer Dichter, auch wenn man meinem Urteil nicht trauen darf, seit Jahren habe ich nicht einen Vers gelesen, und das, wo es eine Zeit gab, in der ich selbst Verse schrieb. Ich habe nicht einmal Zurita gelesen, damit ist schon alles gesagt. Weder Zurita noch Millán oder Maquieira, immerhin weiß ich, dass sie noch nicht tot sind. Was soll ich dir von denen erzählen, die ins Exil gegangen sind. Als würden sie gar nicht existieren. Gut, wo war ich? Juanito Cherniakowski. Prima Kerl. Den Jünger vom Toten Meer nannten ihn die Faschos von den Wirtschaftswissenschaften, ich weiß nicht, ob du den Respekt oder die Angst bemerkst, die darin mitschwingen, selbst noch in einem Spitznamen, der verächtlich gemeint war. Begreifst du, sie sagten zu ihm nicht Scheißjude oder so, ein gewaltiger Unterschied. Ich könnte nicht sagen, was genau Cherniakovski an sich hatte, ehrlich, aber er flößte Respekt ein. Glaub nicht, dass er einer dieser linken Rüpel war, die es leider zuhauf gab, oder dass er laut wurde oder den Leuten drohte. Ich glaube, dass Cherniakovski durch sein Aussehen imponierte. Lach nur. Hast du Bilder von Dürer gesehen, Junge? Und erinnerst du dich an eines, das *Oswolt Krel* heißt? Noch nie gesehen? Es handelt sich um ein Ölgemälde auf Holz, mit zwei kleineren Seitentafeln, die das Porträt von Oswolt Krel wie Türflügel einrahmen und über einem Familienwappen jeweils einen blonden Buschmann zeigen, sagenhaft. Entscheidend aber ist das Porträt von Oswolt. Cherniakovski wie aus dem Gesicht geschnitten! Pure Energie! Pure tragische Energie!, wenn du verstehst, was ich meine, Junge. So war Cherniakovski, er hatte die tragischsten, ausdruckvollsten Augen, die ich je gesehen habe, obwohl ich möglicherweise übertreibe: Ich habe viele Augen gesehen seit damals, zumindest kommt es mir so vor, als seien es viele gewesen. Ich habe sogar in der Suppe Augen gesehen, Junge! Du nicht? Stoßen wir darauf an! Oswolt Krel, verdammt. Juanito Cherniakovski, wie er leibt und lebt … Respektiert, bewundert und geliebt, aber einer, der es immer haargenau nahm, so wie Oswolt, um nicht weiter auszuholen. Immer irgendein Haar in der Suppe. Ein Haar? Nein, Alter, ich korrigiere: Eine Mähne. Du müsstest das Bild sehen, Junge! Oswolt Krel betrachtet etwas Schreckliches, nicht wahr?, man sieht es ihm an, aber er beherrscht sich, reißt sich zusammen, nur die Augen, die der Spiegel der Seele sind, reflektieren das Schreckbild, das der Betrachter nicht sieht. Hat er Angst? Möglich, aber er beherrscht sich, und das ist seine Stärke … So war Cherniakovski … Er riss sich zusammen … Im Übrigen ein prima Kerl, ohne Allüren … Er hat das Land vor Ewigkeiten verlassen, scheint mir ... Schade, dass er seine Werkstatt aufgegeben hat, wir hatten eine tolle Zeit, aber was hätte er anderes tun können? Wie viel Zeit habe ich in seiner Werkstatt verbracht? Meine ganze Jugend, Kumpel! Und ich habe die Schwestern Pons kennengelernt, das kannst du mir glauben. Hübsche Mädchen und gute Dichterinnen. Vor allem die Edna. Wie die andere hieß, fällt mir gerade nicht ein. Lisa, ja genau. Lisa und Edna Pons. Cherniakovskis Juwelen. Was den Rest der Werkstatt betrifft, na gut, ich erinnere mich an zwei Publizistik-Studenten, zwei oder drei, die Literatur studierten, an den Schauspieler Javier Oyarzún, was hat der Saukerl für ein Schwein gehabt, und an dich, natürlich ... Wie, hast du gesagt, heißt du? Belano? Sag nichts! Rigorín Belano. Klar erinnere ich mich. Sieht nicht so aus, täuscht aber. Der Deklamierer, stimmt's? Musst nicht rot werden, Junge! Sind schöne Erinnerungen! Ob mir kurz vor dem Putsch in der Werkstatt ein Unbekannter aufgefallen ist? Kannst du »kurz« quantifizieren: ein oder drei Monate vorher? Mensch, nicht nur einer, in jener Zeit ähnelte die Werkstatt einem Zirkus mit drei Manegen, Unbekannte gab es jede Menge, solche, die nur hingingen, um ein Manifest zu verlesen oder sich einen schönen Nachmittag zu machen: Wir lebten in permanenter Party und ständigem Einsatz, weißt du nicht mehr? Und die Werkstatt stand immer allen offen ... Nicht wie die von Fernández, stimmt's?, wo es strenger und elitärer zuging. Ein Dichter? Aber, Jungchen, in jener Zeit waren wir doch alle Dichter. Lass mich dir eins sagen: Cherniakovski war der Einzige, der alle und jeden zu kennen schien, nur Cherniakovski könnte dir weiterhelfen, aber wer weiß, wo der gegenwärtig seine Runden dreht. Das ist alles, was ich dir sagen kann, sorry. Rigorín Belano! Es hat mir großen Spaß gemacht, mit dir zu plaudern, Alter, aber jetzt muss ich weiter. Die Pflicht ruft, und um die Zeit kann ich noch was losschlagen. Ein Knochenjob, Haushaltsgeräte an der Haustür zu verkaufen, aber im Grunde ist es ein sicherer Posten, und weil der Verkauf außerdem Ratenzahlung vorsieht – umso besser. Du musst wissen, dass wir im Prinzip die einzige Firma in der Branche sind. Die Konkurrenz konnte nicht mithalten, Junge … Lass gut sein, ich zahle … bin grad flüssig, und der Einäugige macht mir einen Sonderpreis …

Der Traum (2)

Der Junge im weißen Hemd lief durch die Straßen der dunklen Stadt … In der Ferne sah er, gegen den Horizont scharf sich abzeichnend, die Silhouette des Kinos … Oder nein, dass sie sich scharf gegen den Horizont abzeichnete, könnte zu der falschen Vorstellung verleiten, das Kino befände sich auf ebenem Terrain, und das war nicht der Fall … Die Straßen führten rauf und runter, überall gab es Steintreppen, auf Hochglanz poliert von der Taufrische der Nacht … Die Stadt, zumindest dieser Teil der Stadt, schien auf Hügeln und Felsgraten erbaut … Ein zerklüftetes Gelände, bedeckt von Geröll und Beton, flankiert von Schluchten, in denen sich die Müllsäcke türmten wie schwarze, glänzende Steine … Und Säulen gab es auch … Römische und griechische Säulen, die Vasen trugen … Ganz gewöhnliche Vasen: Die Blumenkübel der Hölle, murmelte der Junge … Der Junge betrachtete die Vasen (ohne Blumen) und Pfeiler aus dem Augenwinkel … Ich weiß, dass der Junge in Eile war und ohne Furcht … Wenn ich auf eine Säule steigen und die Hand in eine dieser Vasen stecken könnte, dachte er … Im überschatteten Gesicht des Jungen malte sich ein weißes Lächeln ab, gelbgestreift wie mit Gold durchwirkt … Unmerklich wurde die Silhouette des Kinos immer größer … Das Kassenhäuschen aus Stein und Pappkarton war leer … Der Junge hatte auch gar nicht vor, eine Karte zu kaufen … Mit langen Schritten durchmaß er die Flure im Innern des Kinos … Die Gänge erinnerten an die Segmente eines unterirdischen Parkhauses, sie waren zu groß, und die Vorhänge vor den Betonwänden kaschierten nur schlecht ein Gewirr von Rohren … Endlich öffnete er eine Flügeltür und betrat eine seitliche Galerie … Von hier aus konnte man nur einen Teil der Leinwand sehen … Die projizierten Gesichter zweier Platinblonden in Nahaufnahme, bewegten sich mit enervierender Langsamkeit … Der Junge beobachtete die Szene, ohne sich zu setzen … Die Galerie war länglich und schmal … An ihrem Ende stapelten sich Korbstühle und eine Reihe von durch Unwetter verrotteten Kinosesseln … Der Junge zog eine Packung Cabaños und ein goldenes Feuerzeug aus der Hosentasche … Zusammen mit dem Messer waren das seine einzigen Habseligkeiten … Er zündete eine Zigarette an, und der Rauch verschleierte seine Augen, eine winzige Leinwand zwischen ihm und der Leinwand des Kinos Diorama …

Der Ruderer des Zufalls

Walt Whitmans Töchter mit behaarten Klöten
Walt Whitmans Töchter sind quakende Kröten
Walt Whitmans Töchter verlassen die Piraten=
Schiffe und schmausen Gänsebraten

Luftunterschrift: Carlos Ramírez
Oberleutnant der FACH

»Wie findest du die Verse?«, fragte Bibiano Macaduck.

»Weiß nicht …«

»Eine Scheiße sind die. Dieser arschfidele Salutieraugust hält sich für Céline.«

»Nimmst du sie auch in deine *Merkzeichen* auf?«

»Sein Gesamtwerk, Kumpel. Das Summum der Großmäuligkeit, Gott tilge sie vom Antlitz der Erde, Mongolenhorde …«

»Aber das Gedicht steht nicht im *Holzauge sei wachsam* …«

»Tja, man hat so seine Informationen. Die fraglichen Verse wurden in der Bibliothek von Concepción gefunden, im Fach für verlorene Schriften, zwischen einer Monografie über das Infanterieregiment Séptimo de Línea – ein irrwitziges Machwerk, das unsere tapferen Mannen im himmelstürmenden Marsch auf Machu Picchu verortet – und einer Publikation von Crawford & Söhne zu gewissen Untersuchungen unseres Nationalbotanikers, voller Abbildungen zur vaterländischen Flora und auszugsweisen Fauna. Scheiße, wie hieß der Botaniker noch gleich? Ich muss krank sein, Rigorín! Ich erinnere mich an einen Verlag, der vor mehr als sechzig Jahren eingegangen ist, und der Oberbotaniker der Nation will mir nicht einfallen.«

»Philippi.«

»Richtig. Rudolph Amandus. Was ist bloß los mit mir, Herrschaftszeiten!«

»Beruhige dich, Macaduck. Du hast es also zwischen dem Séptimo de Línea und Philippi gefunden. Aber was genau hast du gefunden?«

»Die Inkunabel mit dem Gedicht, natürlich, Mensch! Mit Versen von diesem Ramírez, einem gewissen Ismael Copero und noch einem, an dessen Namen ich mich nicht erinnere. Alles zusammengepfercht in einem acht Seiten starken Exemplar der Sorte Käseblättchen. Das Machwerk hört auf den Namen Semana Santa, heilige Scheiße! Semana Santa, subtil, nicht wahr? Die Initialen: SS.«

»Übertreib nicht.«

»Na ja ...«

»Und wo könnte ich diese ... Inkunabel einsehen?«

»Hab ich dir doch schon gesagt, Mann, in der Bibliothek. Ich zeichne dir einen Plan, damit du den famosen Giftschrank findest, ohne dich schwindlig zu suchen. Seltene Bücher verbergen sich in dieser Grube. Im Regal von Ramírez umarmt sich das Rutenbündel mit den Nazis und den nationalen Zunfthanseln. Will sagen, ihre künstlerische Speerspitze, die Gewalttäter im erhabenen Fach. In Wirklichkeit ist die Auswahl nicht besonders groß, aber man erkennt eine Absicht, eine Linie, die von Anfang des Jahrhunderts ff. gezogen wird, kontinuierlich, mit Höhen und Tiefen, im Allgemeinen mit mehr Tiefen, aber auf Teufel komm raus. Manchmal versuche ich mir vorzustellen, was das für eine Ratte ist, die diese Bücher dort einstellt. Ratte oder Mönch.«

»Ich werde mir das mit eigenen Augen anschauen«, sagte ich.

»Warte lieber noch und lies meine *Merkzeichen*. In dieser Staubfängerecke kommst du nur noch mehr durcheinander, Rigorín.«

»Ich gehe auf jeden Fall hin«, sagte ich.

»Was, glaubst du, wollte er damit sagen, dass die Töchter behaarte Klöten haben?«

»Na dass sie Kerle sind, Bibiano, die Töchter von Walt Whitman sind Kerle, darum haben sie behaarte Eier, würde ich meinen … Sicher eine Anspielung auf Neruda, Sandburg, De Rokha, Vachel Lindsay …«

»Und wenn er sagt, sie sind quakende Kröten?«

»Mensch, Kröten steht da, um auf Klöten zu reimen, einen anderen Grund sehe ich nicht: Alle Kröten quaken. Es sei denn, er spielt mit Kröten auf Geld an. Reiche ›Töchter‹. Halte ich aber für unwahrscheinlich.«

»Und wenn Whitmans Töchter ihre Piratenschiffe verlassen?«

»Dito, Piraten reimt auf Gänsebraten. Genauso gut könnte er sagen, besteigen ihre Piratenschiffe oder versenken ihre Piratenschiffe, wie Hernán Córtez.«

»Also ich sehe das eher so: Walt Whitman ist Amerika. ›Walt Whitmans Töchter mit haarigen Klöten‹ verweist auf die Amazonen oder Engel, die ersten Bewohner des Kontinents. Der zweite Vers, der mit den quakenden Kröten, will besagen, dass die Amazonen ihre ursprüngliche Natur vergessen und sich mit der neuen Population, der europäischen Immigration, vermischt haben und dass sie außerdem über Gold verfügen: Gold oder Weisheit. Der dritte Vers, wo Walt Whitmans Töchter ihre Piratenschiffe verlassen, verweist auf die Ankunft der Amazonen in Amerika. Als du Hernán Córtez erwähntest, hast du unbewusst und auf schräge Weise ins Schwarze getroffen. Der vierte und fünfte, wo sie Gänsebraten essen, deutet an, nein, behauptet, die Amazonen seien zur Erde hinabgestiegen, indem sie ihre Eltern, die Götter des Himmels, verschlangen, ich würde sogar sagen, *achtlos verschlangen*.«

»Willst du mich verarschen, Macaduck?«

»Tatsächlich folgen die Ereignisse keiner chronologischen Ordnung. Läsen wir sie so, würde uns gleich ein ganz anderes Lied im Ohr klingen:

Walt Whitmans Töchter verlassen die Piraten=
Schiffe und schmausen Gänsebraten
Walt Whitmans Töchter mit behaarten Klöten
Walt Whitmans Töchter sind quakende Kröten

Und noch besser: mit Einfügung des Adverbs ›jetzt‹. Walt Whitmans Töchter sind jetzt (in heutiger Zeit, Zeit des Kampfes und der Zerstörung) quakende Kröten oder Kröten besitzende Quäker (sie tarnen sich willfährig unter den gesunden Arbeitern, den gesunden Familienmüttern). Und die Gans gilt, wie du sicher weißt, in einigen Kulturen als Synonym für Herrschaft, Reichtum und Macht … Sowohl in Europa wie in Amerika steht die Gans in Gestalt des Ganters für den Vater.«

»Und ich dachte immer, man würde die etwas überdrehten Kinder als Gänse bezeichnen. Mich hat man in der Schule eine Weile so genannt.«

»Auch das stimmt, als Kontrast und Antiklimax … Wir wollen glauben, dass die Götter bescheuert sind. Aber gegen ihren Zorn mucken wir nicht auf. Nur die Amazonen waren, lang ist's her, imstande, sie zu vernaschen …«

»Dann ist deiner Ansicht nach die heimliche Botschaft des Gedichts, dass …«

»Man merkt, dass du in Mythologie eine Sechs hattest. Die besagten Schicksen verschlingen ihre Eltern und steigen mächtig aufgeblasen zur Erde hinab, Brust raus, Bauch rein, den sie sich sogar vollschlagen! Kannst du dir das filmisch vorstellen? Wie die Tischgäste in *Angriff auf Venus*, die beim Abendessen sitzen, als eine Wasserstoffbombe auf San Francisco geworfen wird, und die mit Chicken Wings und Weingläsern in der Hand auf die Terrasse treten und weiterkauen und weitertrinken, während in der Ferne der Atompilz wächst, hast du den Streifen gesehen?«

»Ja, habe ich.«

»Nun, genau so. Die Amazonen entsteigen ihren Raumschiffen in des Sieges seliger Ruhe, einem Frieden, der durch alle Poren in den Körper dringt, wenn der Schweiß getrocknet und schon alles vorbei ist. Sie kommen, sehen und siegen. Und doch liegt in der bloßen Tatsache, dass der Dichter (zumal der Dichter Carlos Ramírez) die Ankunft bezeugt, der Keim, die Verheißung ihrer Vernichtung beschlossen.«

»Wessen Vernichtung?«

»Die der Amazonen, Menschenskind.«

»Und warum? Warum wird er die vernichten?«

»Ich werde es dir sagen, aber schrei nicht. Ich könnte dir sechzig psychoanalytische Bücher nennen. Aber ich will klar und präzise sein: Der Typ hat ein Problem mit Frauen …«

»Ach, und das ist alles …«

»Nein, das ist nicht alles. Ich würde meinen, der Typ hat dicke Arme. Dieser Hurensohn – wenn du mir die poetische Freiheit gestattest – ist ein Ruderer des Zufalls …«

Cherniakovski zeigt zwei Bilder von Indien in der Poesiewerkstatt der Universität von Concepción, 1972

Die Fotos gehören zu zwei Fotografen, zwei Büchern und zwei Sichtweisen auf Indien. Die einen wurden von Frederic Chester, einem Engländer, geschossen und finden sich in dem Buch *Die Quelle der arischen Rasse*. Die anderen stammen von einem argentinischen Fotografen namens Eduardo »Lorito« Lozano und illustrieren das Buch einer Frau Dr. Amalfitano, *Die geheimen Kasten*. Ich glaube, dass sie sich ergänzen, wenn ihre Ergänzung sich auch in einer wilden Sphäre voller Spiegel und Hitze vollzieht. Die Gesichter jedoch sind vornehm und gleichgültig, als wüssten sie etwas, das wir nicht wissen. Als hätten sie, bilde ich mir ein, etwas akzeptiert, das wir niemals akzeptieren würden. In Cherniakovskis Gesicht stand Fassungslosigkeit ... Es war Winter, erinnere ich mich, und es goss wie aus Eimern. In der Werkstatt sprachen wir – die Schwestern Pons, Javier Oyarzún, Fuenzalida und ich – über Rilke. Cherniakovski traf mit zehn Minuten Verspätung ein. Unter dem Arm trug er einen Diaprojektor. Der Projektor und er waren in den Regen gekommen. Nass, wie er war, schloss er das Gerät an, und die Bilder nahmen ihren Lauf. Es war nicht nötig, die Vorhänge zuzuziehen: Tiefhängende, schwarze Wolken verdunkelten den Himmel. Regentropfen rannen über die Scheiben. Das ist ein Brahmane, sagte Cherniakovski. Die Fotografie zeigte einen Mann mit weißem Haar und weißem Bart, dunkler Haut, dunklen Augen und leicht geöffneten Lippen, als spräche er mit dem Mann auf der anderen Seite der Linse. Cherniakovski zog die Nase hoch. Es folgten Fotografien von Dörfern und Städten, obwohl man schwerlich hätte sagen können, welches die Dörfer und welches die Städte waren. Kinder in kurzen Hosen; Talcahuano, sagte Javier Oyarzún. Ich suchte im Halbdunkel das Gesicht von Cherniakovski. Es war sehr ernst, und seine Augen konnten sich keinen Moment von den Bildern lösen. Der Brahmane, murmelte Cherniakovski. Erneut sahen wir den Alten mit dem weißen Bart, diesmal sitzend auf einem Stein. Dann ein knallroter Bus mit weißen Streifen, vollbesetzt bis unters Dach, und die Figur eines Gottes in einem Schrein am Wegesrand. Die Augen des Gottes waren grün. Der Projektor machte ein Geräusch wie ein Mixer, und zwischen einem Dia und dem nächsten blieb die Bildfläche weiß: ein Stück merkwürdig erleuchteter Wand. Einige steckten sich Zigaretten an. Cherniakovski sagte: Das ist ein Brahmane, wisst ihr, was er macht? Der Ton, in dem er das sagte, jagte uns unbegreiflicherweise einen Schauer über den Rücken. Es war, als fiele der Regen innerhalb der Werkstatt. Als wir genauer hinschauen wollten, verschwand das Bild. Da capo, sagte Javier Oyarzún, aber schon folgten weitere Schnappschüsse von den Straßen und Bewohnern der Stadt. Inder, die auf Märkten aßen, alte Frauen mit auf dem Boden ausgebreiteter Ware, Bettler in schwarzen Ray-Ban-Brillen. Draußen peitschte der Regen buchstäblich die Wände. Auf der Bildfläche erschienen ein Weg, der alte Brahmane und der Schatten des Fotografen. Dann ein Foto in Naheinstellung, der Brahmane, der mit einem entschuldigenden Lächeln aus dem Augenwinkel ins Objektiv schaute. Auf dem folgenden wandte der Brahmane dem Fotografen den Rücken zu und entfernte sich in Richtung einer Stadt, die sich am Horizont abzeichnete. Die Stadt war kaum zu erkennen, und die Luft war schmutzig, zerfressen von Qualm und Dunst. Es folgten fünf oder sechs Dias, bis der Brahmane an einer Wegbiegung verschwand. Cherniakovski hustete. Was macht der Brahmane?, fragte er. Wir tauschten Meinungen darüber aus, konnten aber zu keinem anderen Schluss kommen, als dass der Brahmane in eine Stadt unterwegs war. Kalkutta?, sagte Javier Oyarzún. Bombay, sagte Cherniakovski. Und der Alte geht nicht nur, er schaut ständig auf den Boden. Warum? Um nicht zu töten. Nicht mal eine Ameise. Darum zieht sich, wenn er zu Fuß reist, und mir scheint, diese Heiligen reisen nur zu Fuß, obwohl ich das nicht sicher weiß, die Reise so in die Länge. Eine Entfernung von zwanzig Kilometern kann leicht vier Tage in Anspruch nehmen, aber das ist ihnen egal. Dieser Typ würde lieber sterben, als einem Schmetterling ein Haar zu krümmen. Jetzt schaut euch das an. Wir seufzten und wandten uns wieder den Bildern zu. Mit Rilke fühlten wir uns definitiv wohler. Ein Zimmer in Indien. Brennende Kerzen und Gesichter, die aus dem Dunkel auftauchten wie aus einem schwarzen Schwimmbecken und in die Kamera lächelten. Frauen? Nein, Männer in Saris und mit geschminkten Augen. Transvestiten, sagte Javier Oyarzún. Eunuchen, hörte man die Stimme von Cherniakovski aus der Tiefe der Werkstatt. Ich sah ihn an. Seine Augen hingen gebannt an dem Lichtstrahl. Die Eunuchen feierten ein Fest. In einer Ecke des Zimmers ein Junge. Er ist nackt. Ein Mann mit langem, weißem Haar umschlingt seine kleinen Hoden mit einer gelben Schnur. Cherniakovski ließ das weiße Licht die Wand einnehmen. Jetzt beginnen sie mit seiner Kastration, sagte er. Die Operation übernimmt der Guru der Eunuchen. Wir sahen in das schmale Gesicht des Jungen. Er mochte zehn sein, vielleicht elf. Spindeldürr und lächelnd. Und Gabriela Mistral ist tot, ließ sich die sanfte, lebensgefährliche Stimme von Cherniakovski vernehmen. Diesen Punkt muss ich betonen: Die Stimme war so tödlich wie ein messerscharfer Bumerang und so wirklich, dass ich den Kopf einzog. Wo zum Teufel hast du diese Fotos her?, fragte, auf seinem Stuhl entsetzt zurückgewichen, Javier Oyarzún. Cherniakovski antwortete nicht, zündete sich eine Zigarette an und setzte sich auf einen der vielen freien Stühle. Der Projektor lief allein weiter. Das Mixergeräusch wurde allmählich wieder vom Regenrauschen verschluckt. Der Regen schien zu sagen: Geht raus auf die Straße und genießt eure Jugend. Inder, die vorbeiliefen, die arbeiteten, aßen oder schliefen, aber vor allem solche, die vorbeiliefen. Als wären die Fotos gefangen … Mit glühendem Kopf warf ich einen letzten Blick auf die Projektionsfläche. Ich meinte Juan Cherniakovski zu erkennen, dort, auf dem Dia, sehr schmutzig, mit längeren Haaren, einer Zigarette im Mundwinkel, inmitten der Menschenmenge. Aber bestimmt war es nur ein weiterer Inder.

Vortrag von Bibiano Macaduck im Club der Spielverderber von Concepción

Mit Ende des Krieges ging Cherniakovski in ein anderes Land. Ich stelle mir vor, dass er Abenteuer oder Erholung suchte oder die Bilder der Schreckensvision aus dem Kopf bekommen wollte. Tatsache ist, dass er in eine jener lateinamerikanischen Städte ging, die alles daransetzen, der Hölle Konkurrenz zu machen. Es gab von allem etwas: Revolverhelden, Bettler, Huren, Kinderarbeit, alles, was man sich wünschen konnte. Cherniakovski zog zu einem Journalisten. In jener Zeit hatte er natürlich einen anderen Namen. Nehmen wir an, er nannte sich Víctor Díaz. Anfangs führte er ein recht ruhiges Leben. Vielleicht verdankte sich die Ruhe der Tatsache, dass er nicht ausging. Víctor Díaz war ein häuslicher Typ, der spät aufstand, nach ein Uhr, der sich sein Käffchen kochte und mit dem Kaffeetrinken viel Zeit ließ. Dem Journalisten zufolge schrieb Víctor Díaz Gedichte, sehr wenige Gedichte mit nicht sehr vielen Versen, aber sehr ausgefeilt, das schon, so wie es unter seinen alten Kollegen in Concepción der Regel entsprach. Die in den vierziger Jahren Geborenen schrieben kurze Gedichte. Die in den Fünfzigern Geborenen schrieben Versfluten. Die in den Sechzigern Geborenen schrieben strichglatte Enzephalogramme. Ha ha, ein Witz. Gut: Victor schrieb wieder Kurzgedichte und verließ das Haus nur, um Essen und ähnliche Dinge zu kaufen. Bis er eines Nachts einwilligte, mit Freunden (Freunden des Journalisten) einen saufen zu gehen, und Bekanntschaft mit dem Rotlichtviertel machte. Ein übles Geläuf. Die Augen, die sich in der Einsamkeit besänftigt zu haben schienen, bekamen wieder scharfen Glanz. Der ganze Körper leuchtete nach jener ersten

Nacht. In der folgenden Woche wiederholte er den Abstecher, aber diesmal allein. Und in allen darauffolgenden Nächten. Dem Journalisten zufolge legte Víctor Díaz es darauf an, von Messern zerfetzt zu werden oder sich eine Kugel zu fangen, aber Sie und ich wissen, dass Cherniakovski nicht so leicht kleinzukriegen war. Was für ein Glück dieser Dreckskerl hatte! Ergebnis: Er avancierte zum Liebhaber einer fünfzehn oder sechzehn Jahre alten Hure. Die Hure hatte ein zwölfjähriges Brüderchen. Die Zuhälterbosse des Rotlichtviertels wollten den Knirps verkaufen. Wobei unklar ist, ob als Fickfleisch oder als Frischfleisch für Organtransplantationen. Beide Geschäftsmodelle sind lukrativ. Víctor Díaz sog sämtliche Informationen, die ihm seine Geliebte zukommen ließ, auf wie ein Süchtiger mit Entzugserscheinungen. Es gibt Leute, mein Ehrenwort, die besitzen die geheimnisvolle, geradezu übernatürliche Fähigkeit, sich in jeder erdenklichen Situation jede erdenkliche Sorte von Waffen zu verschaffen. Víctor Díaz war so jemand. Eines Nachts erschien er mit einer spanischen Parabellum und erledigte zwei der Bosse und drei ihrer Leibwächter. Das Blut raubte ihm den Verstand. Gut, andere Versionen besagen, er habe nur einen getötet. Und die Intuition des Vortragenden spricht für einen anderen Punkt: Dass der Tote der Vater der Hure, nicht aber des Brüderchens war. Jedenfalls gab es ein Verbrechen. Blut war geflossen. Und alles hätte wohl in einer jener typisch tropischen Katastrophen geendet, wäre da nicht der weibliche Part der Geschichte gewesen. Danken wir den himmlischen Heerscharen, dass die Hure viel vernünftiger und klüger war, als irgendwer vermutet hätte, denn andernfalls wäre Víctor Díaz jetzt tot. Obwohl wir in diesem Punkt alle unsere Zweifel haben. Nun: Die Hure versteckte ihn, und man darf annehmen, dass sie früher oder später außer Landes gingen. Die Hure, ihr Brüderchen und Víctor Díaz. Letzterer hatte Kontakte, und anscheinend standen seine Kumpels Gewehr bei Fuß. Die drei machen sich auf den Weg in irgendein europäisches Land. Heiratete Víctor Díaz seine jugendliche Geliebte? Besuchte das Brüderchen die Schule, integrierte sich in die fremde und befremdliche Kultur? Lernte er Französisch, Englisch oder Deutsch? Worin bestand der Sieg von Víctor Díaz, darin, sie in eine moderne Vorstadtsiedlung verfrachtet zu haben? Wir werden diese Fragen nie mit letzter Sicherheit beantworten können. Víctor Díaz brachte sie gut unter, und nach einiger Zeit machte er sich wieder aus dem Staub. Der internationale Terrorismus reklamierte unseren Landsmann für andere Aufgaben …

Vortrag von Bibiano Macaduck im Club der Spielverderber von Concepción (2)

Ich habe von einem Jungen und einer Opferung gesprochen. Einer Opferung im kommerziellen Sinn, einer Schlachtung. An dieser Stelle muss ich, scheint mir, etwas weiter ausholen. Der Kinderhandel zum Zweck von Organtransplantationen hat in Lateinamerika ungefähr in dem Zeitraum Fahrt aufgenommen, da Juan Cherniakovski alias Víctor Díaz mit blutunterlaufenen Augen über die bolivarischen Bühnen geisterte. Das Bild stammt, wie Sie sich schon gedacht haben werden, nicht von mir, sondern von einem Vertreter der Sensationspresse. Ich glaube, die Geschichte läuft ab wie in einem der zu Unrecht avantgardistisch genannten Theater: In einer künstlichen Nacht gelangt Víctor Díaz, einer aus der Legion lateinamerikanischer Männer mit Schüttelfrost und Somnolenz, zufällig in das Auge des Schlachthofs. Das Bühnenbild ist rot, und die Kinder laufen in einem gut gekühlten Gehege herum, in Erwartung ihres Schicksals. Welches darin besteht, auf legalem oder illegalem Weg einen Flug zu einer privaten Klinik in den USA oder Kanada anzutreten, manchmal auch zu Kliniken in Mexiko, Guatemala oder Puerto Rico, um dort unter das Messer zu kommen. Allen ist bekannt (denn *El Mercurio* macht sich gelegentlich die Mühe, uns darüber zu informieren), dass die Wartelisten für eine Spenderleber, ein Spenderherz, einen Pankreas, gewöhnlich ellenlang sind. Wenn du es dir also leisten kannst, und in den Ländern mit echter Demokratie gibt es Geld, dann ist es viel bequemer und vor allem sicherer, sich in einer der erwähnten privaten Kliniken operieren zu lassen. Der Händlerring wird von Profis organisiert und arbeitet effizient. Material ist *immer* vorhanden. Das ist wichtig, wenn du ein Ingenieur aus San Francisco bist und auf der Stelle eine Leber brauchst, oder es ist Schluss mit lustig. Wichtig auch, wenn du ein treusorgender Vater bist und weißt, dass dein sechs Jahre alter Liebling in deinen Armen sterben wird, wenn er nicht in den nächsten vierzehn Tagen eine Herztransplantation bekommt. Die Liebe versetzt bekanntlich Berge und scheut keine Kosten. Die Selbstliebe oder die Kindesliebe. Die Nachfrage erschafft den Markt. Und der Markt wächst und läuft bald wie geschmiert. In dem Theater, von dem wir sprachen, lungern die Jugendlichen zwischen trostlosen Autostraßen und Palmen herum. Neben ihnen laufen andere, nicht minder blutrünstige Geschichten ab, aber der Zufall, der wie der Teufel ist und Alpha und Omega kurzschließt, wollte es, dass Víctor Díaz, der zu anderen Zeiten, als er noch nicht Víctor Díaz war, die Verse von Gabriela Mistral verehrte, just in diesen Horror eintauchte. Das Bühnenbild ist rot, und zwischen den Palmen tummeln sich Hintermänner und Banden von Schweinepriestern. Puffmütter, schaurig wie die Hexe aus *Hänsel und Gretel*, übernehmen die Rolle der Gesundheitskontrolle. Die bettelnden Kinder, die auf der Straße lebenden Kinder, bilden den Rohstoff für den täglichen Gebrauch. Sie sind relativ leicht zu fangen, und ihr Verschwinden fällt kaum jemandem auf, aber sie haben einen Nachteil, den die Ärzteteams der verschiedenen Kliniken energisch reklamieren: Sie sind nicht immer gesund, ihre Organe sind in der Regel geschwächt oder geschädigt. Die Gangster sondieren das Gebiet von Bolívar und San Martín, und nach den Hinterzimmergesprächen machen die Befehle mit einer Geschwindigkeit im Theater die Runde, wie nur eingefleischte Kaufleute sie umzusetzen vermögen. Unter den Palmen, wenn eine Sonne aus Glanzpapier, eine perfekte Imitation der Sonne von Siqueiros, über den traurigsten Dächern der Welt zu sinken beginnt, widmen sich die Janitscharen der Jagd nach Kindern in besserer Verfassung. Filmgeschichtlich gesprochen machen sie einen Sprung von Buñuels *Die Vergessenen* zu irgendeinem der Filme mit Joselito. Es sind keine Mittelschichtskinder, das ist klar, sondern Arbeiterkinder. Mehr noch, damit die Augen von Victor Díaz explodieren wie Neutronenbomben, werden wir sagen, es sind die Kinder von Arbeiterinnen. Von Näherinnen, Schuhfabrikantinnen, Kindergärtnerinnen, der einen oder anderen Hure mit einem Herzen aus Gold. Das Geschäft nimmt einen Aufschwung wie mit Siebenmeilenstiefeln. Im Umfeld der Palmen und darüber hinaus wissen alle von seiner Existenz und sprechen hin und wieder und hinter vorgehaltener Hand darüber. Öffentlich sagt niemand, dieser Mund gehört mir oder diese Augen gehören mir. (Die kreolischen Behörden reagieren entsprechend, indem sie die Ohren verschließen.) Wie die drei Affen, wie die Zeichentrickversion der drei Affen von Harman und Ising. Schlimmer, wenn das ginge. Die Hintermänner sind effizient und erregen keinerlei Aufsehen. Die Presse ergötzt die gut informierten Bürger mit Insider-Informationen über den Drogen- und Waffenhandel, der sich wie auf einem flämischen Gemälde im Vordergrund des Bildes opulent gebärdet, während im Hintergrund eine Reihe Kinder mit Reiseziel Schlachthaus verladen wird. (Für einen vertieften Einblick empfehle ich die Lektüre des Gedichts von Auden, das da mit den Versen beginnt: *About suffering they were never wrong, / The Old Masters: how well they understood / Its Human position; how it takes place / While someone else is eating or opening a window or just walking dully along* … etc. etc., obwohl ich vermute, dass Sie als gute Chilenen mit Auden nichts am Hut haben.) Es herrscht, wie gesagt, beinahe Totenstille. Ab und zu eine Nachricht, aber nicht in Zeitungen oder im Fernsehen, sondern in Zeitschriften, nach Art der Berichte über fliegende Untertassen. Wir wissen, dass es das gibt, aber die Wirklichkeit ist so brutal, dass wir lieber wegschauen. So kommt die Menschheit voran. Anfangs fanden wir den Raubüberfall auf unbelebter Straße und, schlimmer noch, den Einbruchsdiebstahl entsetzlich, aber schließlich haben wir beides akzeptiert. Wir haben uns vom perfekten Mord zu Konzentrationslager und Atombombe weiterentwickelt. Es scheint, als hätten wir Mägen aus Stahl, und sind doch noch nicht imstande, den kannibalischen Kindermord zu verdauen, trotz entsprechender Empfehlungen von Swift und Dupleix. Eines Tages werden wir das schlucken, aber jetzt noch nicht. Unterdessen floriert das Geschäft unter den Palmen, und die Sonne von Siqueiros geht auf und unter wie ein tollwütiger Mandrill. Mit französischer Schminke tünchen die Hexen ihre Warzen. Die Kindereinsammler spielen Karten und fummeln an ihren Schamteilen herum wie degenerierte Narzisse, Väter und Brüder unser. Víctor Díaz verliebt sich in ein jugendliches Hürchen (er, der eher die Zuneigung der Männer schätzte) und wendet sich dem Terror zu. Seine Devise ertönt, als der Vorhang fällt: Wenn das Paradies, um paradiesisch zu sein, einer grenzenlosen Hölle Vorschub leistet, hat der Dichter die Pflicht, im Paradies die Hölle heiß zu machen. Víctor Díaz und Jesus Christus beginnen damit, die Palmen niederzubrennen.

Über die Ereignisse am frühen Morgen des dreizehnten Dezembers 1988 im Bahnhof von Perpignan

Monsieur Benoît Hernández, verheiratet, Alter dreiundvierzig, wohnhaft in Avignon, der sich zum fraglichen Zeitpunkt in Ausübung seiner beruflichen Aufgaben in Perpignan aufhielt, weist sich als Vertreter für Weine der in Marseille ansässigen Firma Peyrade aus; polizeilich ist über ihn nichts aktenkundig.

In der Nacht vom zwölften auf den dreizehnten Dezember hatte M. Hernández mit M. Patrick Monardes zu Abend gegessen, um mit ihm den Kauf von hundertvierzig Kisten Gran Reserva XXX der Winzereigenossenschaft Port Vendres zu besiegeln; anhängend die Aussage von M. Monardes, der das Vorgesagte bestätigt und erklärt, dass die Firma Peyrade seit fünf Jahren mit der Winzereigenossenschaft Port Vendres in geschäftlicher Beziehung stehe.

M. Hernández und M. Monardes aßen im Restaurant Coelho, wo M. Monardes Stammgast ist und sowohl den Besitzer wie die Angestellten gut kennt. Anhängend die Aussagen von M. Coelho sowie dem Kellner, von dem M. Hernández und M. Monardes an jenem Abend bedient wurden, und des Kochs, dem die Herren Hernández und Monardes zweimalig einen Besuch abstatteten (das heißt: zu ihm in die Küche stürmten), begeistert von der Güte und Originalität der Gerichte und wohl auch leicht angeheitert vom genossenen Wein.

Nach beendetem Abendessen begab man sich in die mondäne Diskothek *Montre de cuir* im Zentrum unserer Stadt. An besagter Stätte blieben M. Monardes und M. Hernández bis etwa fünf Uhr morgens, wenngleich keiner der beiden imstande ist, die genaue Uhrzeit präzise anzugeben. Anhängend die Aussage von Jean-Marc Rivette, Barkeeper im *Montre de cuir*, der bestätigt, an den ihm aus der Zeit vor den fraglichen Ereignissen bekannten M. Montardes und einen männlichen Begleiter, zweifellos M. Hernández, alkoholische Getränke ausgeschenkt zu haben. In seiner Aussage deutet Jean-Marc Rivette an, Monardes und Hernández in Begleitung zweier Frauen auf der zentralen Tanzfläche des *Montre de cuir* gesehen zu haben. Dazu befragt, bestreiten sowohl Monardes als auch Hernández, in irgendeinem Moment getanzt zu haben, woraus zu schließen ist, dass entweder Rivette sich getäuscht hat oder Monardes und Hernández sich in einem Zustand alkoholischer Intoxikation befanden, der eine Erinnerung daran jetzt nicht mehr möglich macht.

Von der Diskothek *Montre de cuir* begaben sich M. Hernández und M. Monardes in einem Taxi zur Wohnung des Letztgenannten, da sie es klugerweise nicht wagten, in das zwei Straßen von der Diskothek entfernt geparkte Auto von M. Monardes zu steigen. Der Taxifahrer Ahmed Filali bestätigt zwar, vorm *Montre de cuir* auf Kunden gewartet zu haben, zeigt sich aber wenig geneigt, verlässliche Angaben zur genauen Uhrzeit zu machen, ihm zufolge irgendwann morgens, zwischen vier und fünf Uhr. Anhängend seine Aussage, aus der nebenbei hervorgeht, dass besagter Taxifahrer seiner Verpflichtung, Uhrzeit und Fahrtziel jeder Fuhre zu dokumentieren, nicht nachgekommen ist …

Über die Ereignisse am frühen Morgen des dreizehnten Dezembers 1988 im Bahnhof von Perpignan (2)

Vor dem Wohnhaus von M. Monardes angekommen, bezahlte M. Hernández das Taxi und schickte es weg. Weder die Frau noch die Tochter von M. Monardes hörten ihn kommen. M. Monardes gibt an, M. Hernández habe ihn bis zum Aufzug begleitet (die Wohnung von M. Monardes befindet sich im dritten Stock), sei aber trotz wiederholter Aufforderungen nicht dazu zu bewegen gewesen, mit ihm hinaufzufahren. Frau Monardes fand ihren Mann anderntags schlafend im Gästezimmer, als sie um sieben Uhr aufstand, um Frühstück zu machen. M. Monardes, ein Mann von nicht sehr gesitteten nachtschwärmerischen Gewohnheiten, pflegt in dem erwähnten Zimmer immer dann zu nächtigen, wenn er mit ein paar Gläsern zu viel nach Hause kommt.

Nachdem er M. Monardes wohlbehalten zu Hause abgeliefert hatte, beschloss M. Hernández, statt mit dem Taxi zu seinem Hotel zu fahren, lieber einen Spaziergang durch die Straßen unserer Stadt zu unternehmen. Hier sei noch erwähnt, dass das Hotel von M. Hernández weniger als fünfhundert Meter vom Bahnhof entfernt liegt. Es ist daher nicht verwunderlich, wenn der Spaziergang von M. Hernández in dessen Nähe endete.

Von diesem Moment an werden die Angaben von M. Hernández zunehmend ungenau, lückenhaft und schwankend. Als jemand, dem das Trinken Gewohnheit war, wusste M. Hernández, wie förderlich ein Spaziergang am frühen Morgen ist, damit die Nebel im Kopf sich lichten, zumal wenn keine Aussicht auf die sonst übliche Menge

Schlaf besteht. Dem Terminkalender von M. Hernández ist zu entnehmen, dass er Perpignan um elf Uhr vormittags in Richtung Bordeaux verlassen musste, wo er einen weiteren Kaufvertrag mit Winzern aus der Region abzuschließen hoffte. Die Fahrt unternahm er, wie es seine Gewohnheit war, in demselben Gefährt, das ihn schon nach Perpignan gebracht hatte, sprich: in seinem eigenen Wagen. So weit alles nachvollziehbar.

Was veranlasste ihn, den eigentlichen Innenbereich des Bahnhofs zu betreten? M. Hernández spekuliert, er sei wohl noch nicht müde gewesen und die morgendliche Kälte habe Lust auf eine Tasse heißen Kaffee gemacht. Das einzige Lokal aber, das zu so früher Stunde geöffnet hatte, konnte nur das Bahnhofsrestaurant sein, und folglich habe er seine Schritte dorthin gelenkt.

Die Haupteingänge des Bahnhofs waren geschlossen. Nicht jedoch die Seiteneingänge, von denen der eine zum Postamt und zu anderen Geschäftsstellen, der andere zu den Bahnsteigen führt. M. Hernández erinnert sich nicht, welchen der beiden er genommen hat, obwohl man es als wahrscheinlich ansehen darf, dass es jener war, durch den man zum Postamt gelangt. M. Hernández erinnert sich, im Gang zwei Postsäcke gesehen zu haben, wenn auch keinen Postbediensteten. Der Leiter des Postamts, André Lebel, bestätigt Letzteres. Um diese Zeit befanden sich die Beamten, der schon erwähnte Lebel und Pascal Lebrun, in den hinteren Posträumen, beschäftigt mit dem Sortieren von Sendungen, weshalb es sein kann, dass der eine oder andere leere Postsack noch vergessen im Gang lag. Sack hin oder her, sicher ist nur, dass M. Hernández niemanden gesehen hat und von niemandem gesehen wurde, als er den Bahnhof betrat.

M. Hernández ließ die Bahnsteige zügig hinter sich. Er suchte das Restaurant und fand es geschlossen. Von diesem Moment an habe er, bekennt M. Hernández, eine wachsende Unruhe verspürt. Gab es etwas am Restaurant oder auf den Bahnsteigen, was diese Unruhe begünstigt hatte? Befürchtete M. Hernández vielleicht, er könne die einzige Person im Bahnhof sein, mithin leichte Beute für einen Raubüberfall oder Angriffe anderer Art? Auf Befragen erwiderte M. Hernández, die Möglichkeit eines Raubüberfalls sei ihm zu keinem Zeitpunkt in den Sinn gekommen, und dass er zufällig die einzige Person im Bahnhof sein könne, schon gar nicht. Bekanntlich seien Bahnhöfe ja niemals völlig menschenleer, so M. Hernández. Der frühen Stunde und der Kälte wegen wird man sich unschwer die Angestellten in ihren Büros verkrochen vorgestellt haben. Was also verursachte die von M. Hernández zu Protokoll gegebene Unruhe? Als einzige Erklärung bietet sich uns der Umstand an, dass er das Restaurant geschlossen vorfand.

Nun war das Restaurant aber gar nicht geschlossen. M. Hernández war zu der Ansicht nur gekommen, weil er im Innern kein Licht brennen sah, und hätte er gegen die Tür gedrückt, würde er seinen Irrtum eingesehen haben. (M. Hernández erinnert sich nicht, ob die Tür offen oder geschlossen war und ob er versucht hatte, sie zu öffnen, räumt aber die Möglichkeit ein, das Restaurant nur für geschlossen gehalten zu haben, weil kein Licht brannte; weil kein Licht brannte und er keine Menschenseele sah, weder hinter dem Tresen noch davor oder an den Tischen.)

Der Besitzer des Restaurants, M. Jean-Marcel Vilar, befand sich zu diesem Zeitpunkt in der Küche, zusammen mit der Putzhilfe und einem der Wachleute des Bahnhofs. Keiner von ihnen erinnert sich, etwas gehört oder gesehen zu haben. Die Küchentür war, M. Vilar zufolge, wegen der morgendlichen Kälte geschlossen. Die Küche ist ein langgezogener, fensterloser Raum mit zwei Lüftungsschlitzen, abgetrennt vom übrigen Restaurant. Wenn in der Küche Licht brannte, was außer Zweifel zu stehen scheint, hätte M. Hernández es trotzdem von jenseits der Fensterscheiben sehen müssen. (In seiner Aussage beteuert M. Hernández, kein Licht im Innern des Restaurants gesehen zu haben.) Die Putzhilfe, Aline Darcy, Alter achtzehn Jahre, zweimal wegen Drogenhandels verhaftet und selbst drogenabhängig, gegenwärtig auf Entzug, hat ihre eigene Version dazu, warum M. Hernández keinen Lichtschein aus der Küche hat fallen sehen. Ihr zufolge hatten sie sich in diesem Moment mit einer Kerze beholfen, auf ausdrücklichen Wunsch von M. Vilar, der auf diese Weise Energie sparen wollte. Auf Befragen stritten M. Vilar und der Wachmann diese Behauptung kategorisch ab. Als Fußnote zu den eigentlichen Ermittlungen sei erwähnt, dass bei Aline Darcy zwei Tage nach den fraglichen Ereignissen Prellungen und Quetschungen an Armen und Rücken festgestellt wurden. Die blauen Flecken waren nicht die Folge schlecht gesetzter Einstiche, sondern schienen eher auf Kniffe oder Schläge zurückzuführen zu sein …

Von Lola Fontfreda an Rigoberto Belano

Ich bin Katalanin. Ich bin Atheistin. Ich glaube nicht an Gespenster. Aber gestern hat mich Fernando im Traum besucht. Er trat an mein Bett und bat mich, ich solle auf das Kind aufpassen. Er bat um Verzeihung dafür, dass er mir nichts hinterlasse. Er bat um Verzeihung dafür, dass er mich nicht liebte. Nein. Er bat um Verzeihung dafür, dass er mich weniger geliebt hatte als die Bücher. Aber das Kind habe diese Schuld gesühnt, sagte er, denn er liebe es mehr als alles andere. Mehr als Didac und Eric. Tatsächlich sagte er: die Kinder, womit er alle Kinder der Welt gemeint haben konnte, nicht nur seine Kinder. Dann stand er auf und ging in ein anderes Zimmer. Ich folgte ihm. Es war ein Krankenhauszimmer. Fernando zog sich aus und legte sich in eines der Betten. In den anderen lag niemand, obwohl die Laken zerwühlt und, in einem Fall, offenkundig verschmutzt waren. Ich trat an Fernandos Bett und nahm seine Hand. Wir lächelten uns an. Ich glühe, sagte er, fühl meine Stirn, wie viel Fieber habe ich? Zweiundvierzig, antwortete ich, keine Ahnung, warum, denn es gab nichts, um die Temperatur zu messen. Du bist von erschreckender Genauigkeit, sagte er, aber jetzt musst du gehen. Ich dachte, er verwechselte mich mit der Schwedin. Beim Hinausgehen fing ich an zu weinen. Ich glaube, auch Fernando weinte. Von hier kehrt man zurück, wohin immer man will, sagte er, bitte komm nicht rein. Ich ging und setzte mich auf einen Stuhl im Flur. Es gab keine Krankenschwestern, keine Ärzte, keine Angehörigen von Patienten, nirgendwo. Kurz darauf vernahm ich Fernandos Schreie. Entsetzliche Schreie, dann ein Pfeifen, und obwohl ich es nicht ertragen konnte, rührte ich mich nicht von der Stelle. Fernando schrie aus tiefster

Seele, mal hoch und spitz, mal heiser und rau, als würde man ihm die Kehle verbrennen. Er schien nach Wasser zu verlangen. Schien Rinder zu treiben. Schien ein Lied zu pfeifen … Irgendwann erwachte ich. Ich zitterte und war schweißgebadet. Es dauerte eine Weile, bis ich merkte, dass ich weinte. Da ich nicht müde war, beschloss ich, diese Zeilen zu schreiben. Jetzt glaube ich, dass ich sie dir schicken muss.

KOMÖDIE VOM SCHRECKEN VON FRANKREICH

Für Lautaro und Alexandra Bolaño

Wenn ich mich recht erinnere, war es am Tag der Sonnenfinsternis. Wir, die Freunde von Roger Bolamba, hatten uns im *La Vecindad del Sol* niedergelassen, das an der Biegung der Strandpromenade liegt oder lag, deren offizieller Name auf diesem Teilstück Avenida Coronel Goffin lautet. Während wir auf das große Schauspiel warteten, die Sonnenfinsternis, sprachen wir über Lyrik und Politik, wie wir es im Übrigen immer taten. Wir hatten einen Tisch neben dem Fenster gewählt, das aufs Steilufer hinausgeht, es war nicht der beste Tisch im Lokal, aber auch nicht übel. Zwar schenkten uns die Kellner kaum Beachtung, und wir wurden als Letzte bedient, aber Bolamba saß der Gesellschaft mit seiner gewohnten Würde vor, und wir, die wir damals jung und unerfahren waren, fühlten uns wie die Fürsten.

Am Nebentisch saß ein Mann im weißen Baumwollsakko, mit schwarzem Hemd und blutroter Krawatte. Er war groß, mindestens einen Meter neunzig, und trank Rum mit Guyanita-Cola. Begleitet wurde er von zwei Frauen, einer älteren, die sich nach allen Seiten umsah, als würde die festliche Stimmung, die das *Vecindad del Sol* durchzog, sie ängstigen, und einer anderen, sehr jungen, die sich von Zeit zu Zeit an die Brust des eleganten Mannes schmiegte und ihm Worte zuflüsterte, die ich beim besten Willen nicht verstand.

Ich erinnere mich daran, weil sich der Mann, als die Sonnenfinsternis einsetzte, von seinem Tisch erhob und zu tanzen anfing, den Blick direkt zur Sonne gerichtet (wir anderen sahen alle durch Fotonegative oder Spezialbrillen, manche auch durch dunkle Glasscherben, sicherlich von zerbrochenen Bierflaschen), nach einem kurzen

Moment kam die ältere Frau dazu, und sie tanzten eine Art Chacona oder Resbalosa, vielleicht eine Galleada oder Sombrilla, ein Tanz, der etwas aus der Zeit Gefallenes und zugleich Furchteinflößendes hatte, ein Tanz, der, wie Bolamba erklärte, nur tief in den Wäldern des Nordens gepflegt wurde, also in den ärmsten und abgelegensten Gegenden des Landes, den Sumpfwäldern, halbverlassenen Dörfern, in denen Denguefieber und Aberglaube herrschten, schon nahe der Grenze.

Aber das war noch nicht alles. Auf der einen Seite erlosch die Sonne nach und nach, bis sie vollkommen schwarz war. Auf der anderen tanzten der elegante Mann und die ältere Frau eine Sombrilla, die bisweilen eher einer Resbalosa oder einer Chacona glich, sah man auf die Entschlossenheit der Schrittfolge, oder einer Galleada, ging man nach den obszönen Bewegungen, und dabei summten sie leise mit und blickten auf das Himmelsphänomen, ohne mit der Wimper zu zucken. Sie wirkten besessen, aber nicht heftig, sondern auf eine resignierte, bürokratische Weise. Das junge Mädchen blickte, ohne auf die Sonnenfinsternis zu achten, allein auf die beiden, als wären deren reichlich vorhersehbare Figuren das Interessanteste, was gerade vor sich ging. Ich muss auch sagen, dass von all den Leuten, die ihre Nasen gegen die Fenster des *Vecindad del Sol* drückten, möglicherweise ich – aber das ist eine Mutmaßung – neben diesem Mädchen der Einzige war, der auch auf das achtete, was sich innen abspielte. Bei Ende der Sonnenfinsternis hielten wir alle, also der Freundeskreis von Roger Bolamba, den Atem an und applaudierten. Die anderen Gäste folgten unserem Beispiel, und der Applaus fiel nicht nur einstimmig aus, sondern auch ohrenbetäubend. Sogar der elegante Mann hielt in seinem Tanz inne und verneigte sich mit einer so unterwürfigen wie höhnischen Reverenz. In diesem Moment fing die ältere Frau an zu schreien.

»Ich kann nichts mehr sehen.«

Die Kellner des *Vecindad del Sol,* die den Himmel durch getönte Brillen betrachteten, blickten zu ihr herüber und brachen in Gelächter aus. Der Elegante griff haltlos in die Luft. Seine Finger suchten den Körper der älteren Frau, die sich auf den Boden gekauert hatte, vergeblich. Das junge Mädchen stand vom Tisch auf und fasste ihn bei der Hand.

»Die Sonnenfinsternis ist vorbei«, sagte sie. »Jetzt können wir gehen, Schatz.«

Ich stieß meinen Freund David Alén an, um ihn auf das Geschehen hinzuweisen, das sich hinter ihm abspielte, doch der warf nur einen raschen Blick auf die drei Gestalten, die meine Aufmerksamkeit auf sich gezogen hatten, und wandte sich dann wieder der gespenstischen Dunkelheit zu, die über die Straßen und Hügel von Puerto Esperanza wehte. Dann zog die junge Frau die ältere vom Boden hoch, die sie Mama nannte, Mutter, Erzeugerin, Herrin, *Señora,* meine Dame frei von Sünde, und dabei liefen ihr die Tränen über die Wangen. Ich weiß noch, dass ich dachte: Was für ein lächerliches Theater. Der Elegante, der nun wieder am Tisch saß, begann eine glitzernde Armbanduhr aufzuziehen, die alles andere als billig aussah. Ich hörte auf, die drei anzustarren. Das Meer unter uns hatte sich mit einem Mal beruhigt, und den Wellen, befand Roger Bolamba, war unklar, ob die Stunde von Flut oder Ebbe gekommen sei. Wir hörten einen Hund bellen. Jenseits des Steilufers, dort, wo die Strandpromenade entlangläuft, sahen wir einen Mann ins Wasser gehen und losschwimmen, bis hinter zur Boje. Die Gebäude in der ersten Reihe am Meer wirkten in Bewegung, leicht südwärts geneigt, wie psychopathische Türme von Pisa. Die wenigen Wolken, die zuvor den Himmel von Puerto Esperanza durchpflügt hatten, waren verschwunden. Ein Geräusch wie von Kohle auf trockenem Holz, wie von Stein auf Geschmeide riffelte unmerklich die Luft der Provinzhauptstadt. Roger Bolamba, der uns in jener Bar zusammengerufen hatte, sagte, die nächste Sonnenfinsternis würden wir im Badeanzug erleben und unten am Strand, dann würden wir es so machen wie der Schwimmer, der auf die Boje zuschwamm.

»Wann ist denn die nächste Sonnenfinsternis?«, fragte jemand, dessen Stimme ich nicht erkennen konnte.

»In dreißig Jahren«, erwiderte David Alén.

Als ich mich ein weiteres Mal dem Eleganten und den beiden Frauen zuwenden wollte, die ihn begleiteten, waren sie nicht mehr da. Danach begann die Sonne wieder durch die Scheiben des Etablissements zu blitzen, und die meisten steckten die Gegenstände in die Tasche (oder warfen sie auf den Boden), mit denen sie ihre Augen vor den gefährlichen Strahlen des Königsgestirns geschützt hatten, bis auf die Kellner, die den Gästen noch über fünf Jahre lang mit Sonnenbrille aufwarteten, eine Mode begründend, der sich im Lauf der Zeit die Hotelkellner anschlossen, die Imbissbudenbetreiber am Strand und schließlich auch die Kellner in den Diskotheken.

Der Rest des Nachmittags verging auf die übliche Weise: Jemand schrieb ein Sonett auf die Sonnenfinsternis; jemand verglich die Sonnenfinsternis mit dem Zustand der Kultur in unserem Land; jemand behauptete, Kinder, die während einer Sonnenfinsternis gezeugt würden, kämen mit Missbildungen zur Welt oder seien glattweg so böse wie der Teufel, es sei also davon abzuraten, während einer totalen oder partiellen Verfinsterung der Sonne den Liebesakt zu vollziehen. Dann kam die Stunde des Bezahlens, und wir alle griffen widerwillig in unsere Taschen. Wie immer war der eine oder andere pleite oder hatte kein Geld dabei oder nicht genug, so dass wir zusammen, demokratisch, seine Schulden begleichen mussten, ein Bier, einen Kaffee, ein Stück Ananaskuchen. Nicht allzu Kostspieliges, wie man sieht, wobei für die Armen alles kostspielig ist, was sie nicht gratis bekommen können.

Noch später forderte uns der Inhaber des Lokals, der Bolambas sportliche Vergangenheit respektierte und seine gegenwärtige literarische Meisterschaft zähneknirschend hinnahm, zum Gehen auf, was wir bereitwillig taten, denn das *Vecindad del Sol* hatte keine Klimaanlage, und um diese Uhrzeit wurde die Hitze allmählich unerträglich. Die Zusammenkunft wurde daher im De-Gaulle-Park fortgesetzt, dem größten Park der Stadt, wo wir uns auf die Wiese setzten, die Alcides La Mouette zufolge seit über einem Monat nicht mehr gemäht worden war, wegen des Streiks der städtischen Außendienstarbeiter inklusive Gärtner und Parkwächter, nicht aber Müllmänner, die einen anderen arbeitsrechtlichen Status hatten. So fanden wir das Gras höher (viel höher) als gewohnt vor, wir streckten uns darauf aus, Roger Bolamba und die fünf oder sechs, die wir ihm überallhin folgten, während die Marihuana-und-Pillen-Verkäufer auf Beton- oder Granitbänken hockten, die ursprünglichen schmiedeeisernen Bänke hatte jemand gestohlen und an die reichen und gebildeten Familien unserer Stadt verscherbelt.

Und wie immer lasen wir laut die Meldungen aus der Literaturbeilage des *Monitor de Puerto Esperanza,* Meldungen, die wir grässlich fanden, die Namen akademischer Leuchten, die keinerlei irdische Sorgen mehr drückten, die Namen jener, die sich noch in den Kellern des Außenministeriums oder des Ministeriums für Gesundheit und Wohlfahrt herumtrieben, beschäftigt mit komplexen heuristischen Problemen. Neben diesen Leuchttürmen gab es die jungen Leute (wobei mancher davon schon über fünfzig war), die dereinst ihre Posten übernehmen sollten und inzwischen eifrig die Flora und Fauna unserer Republik beschrieben. Ihnen galten Roger Bolambas größter Hass und Neid, denn sie gehörten seiner Generation an und trugen gewissermaßen direkte Verantwortung für seine marginale Position im literarischen Betrieb des Landes. Wie immer verlachten wir ihre Gedichte, verlachten ihre Übersetzungen (darunter die eines Deutschen, die klang, als wäre der Deutsche ein stotternder Kreole), verlachten ihre Rezensionen, großteils überschwängliche Lobeshymnen, schwülstig, Apostillen zu Texten des Meisters und Glossen zu denen von Genossen oder Freunden. Dann wurde es langsam dunkel, und die Brise fing an, von Süden herzuwehen, und wir begleiteten Bolamba alle bis zu seinem Haus, einer Fischerhütte im Hafen, in der sich die Bücher und die Pokale und Medaillen, die unser Mentor in seiner langen Sportlerkarriere gesammelt hatte, um jeden Zentimeter Platz balgten.

Dort servierte er wie üblich jedem von uns ein Gläschen Rum, das wir mit einem einzigen Schluck leerten, woraufhin wir alle, wie es ebenfalls üblich war, unsere Hände über den ausgestreckten Händen Bolambas zusammenlegten und riefen:

»Bis zum Sieg!«

Danach brachen wir auf und ließen unseren Pädagogen ruhen.

Doch an jenem Abend schimmerte eine Art Melancholie in den Augen meiner Weggefährten, als wäre der bolambianische Schrei nicht genug oder als würden wir dafür allmählich zu alt. Alcides La Mouette fasste das Gefühl in klare Worte:

»Was wird in fünfzehn Jahren aus uns geworden sein? Und in dreißig, wenn in Puerto Esperanza die nächste Sonnenfinsternis auftritt? Wir werden in Geschäften arbeiten, als Beamte, vielleicht führen wir auch irgendwo im Landesinneren ein jämmerliches Leben. Wir werden Kinder und Krankheiten haben. Schreiben wird keiner mehr. Und dieses Scheißland wird immer noch genauso sein wie jetzt.«

»Genauso nicht«, sagte David Alén, »wahrscheinlich schlimmer, um nicht zu sagen viel schlimmer.«

»Dann werden wir nicht mehr am Leben sein«, sagte ich, »denn wenn es hier noch schlimmer wird, dann bleibt uns nichts anderes übrig, als in den Untergrund zu gehen.«

»Das ist eine Möglichkeit«, sagte David Alén.

Wir hatten den Stadtkern erreicht, und die Leuchtreklamen warfen mal einen gelben, mal einen bläulichen, mal einen rötlichen Schimmer auf die Gesichter meiner Freunde. Wir gaben uns förmlich die Hand und verabschiedeten uns. Ich machte mich auf den Weg nach Las Caletas, wo meine Mutter an ihrem Stand frittierten Fisch verkaufte, mit Maniok und Bohnen. Alén und La Mouette wandten sich Casas Nuevas zu, einem Gebäudekomplex mit Arbeiterwohnungen, den ein belgischer Architekt vor zehn Jahren in einem Vorort errichtet hatte, unweit von zwei Zellulosefabriken, die Häuser waren schon jetzt in einem ruinösen Zustand. Im Gehen fing ich an, ein Lied zu pfeifen, das gerade in Mode war. Dann lief ich ein paar jungen Weißen über den Weg, vermutlich Touristen, auch wenn sie nicht wie welche aussahen, und verfasste im Geiste ein Gedicht über die Solidarität der Menschen, die weder Rasse noch Vaterland kennt. Die jungen Weißen, unter denen sich nur eine Frau befand, stiegen in einen Cadillac mit Klappdach und fuhren mit quietschenden Reifen davon. Ich blieb stehen und sah der Rauchsäule nach, die sie hinter sich herzogen, bis sie auf der Avenida Independencia verschwunden waren. Als ich die Haltestelle erreichte, war mein Bus längst abgefahren, und ich beschloss, mir das Geld für die Fahrkarte zu sparen und zu Fuß zu gehen.

Aus irgendeinem Grund kam ich auf die Idee, die Abkürzung (oder was ich dafür hielt) über die Hügel zu nehmen. Das hatte ich bisher noch nie getan. Wenn ich zu Fuß ging, nahm ich sonst immer den Weg über die Calle del Comercio, deren dichtgedrängte Menschenmenge bis spät in die Nacht wach und tätig blieb. Vielleicht stand mir an jenem Abend der Sinn gerade nicht nach dichtgedrängten Menschenmengen, vielleicht wollte ich einen unbekannten Weg ausprobieren, vielleicht brauchte ich die frischere Luft aus der Oberstadt von Puerto Esperanza.

Sicher ist nur, dass ich nicht nach rechts abbog, Richtung Meer, sondern den Weg nach links einschlug, eine recht breite Allee entlang, deren Namen ich vergessen habe und die eine zu Anfang fast unmerkliche Steigung aufwies. Nach einer Weile verschwanden die Palmen, die die Allee zu beiden Seiten gesäumt hatten, und an ihre Stelle traten Kiefern, hohe Kiefern, deren Wipfel in den Nachthimmel ragten. Auch der Lärm des Stadtzentrums verschwand, und zurück blieb nur das gedämpfte Brummen der wenigen Autos, die über die Avenida fuhren, und der Gesang einiger Nachtvögel, die einander riefen. Ich erkannte den Hehe-Vogel, der über alle Welt zu lachen scheint, und mir war auch, als hörte ich den Ruf des Hitzebringers, dessen Singen oder Trillern von Überdruss kündet.

Danach kam ich an einer Tankstelle vorbei, in der alle Lichter brannten, aber es war keine Menschenseele zu sehen, ein Umstand, der mir nicht entging und mich etwas beunruhigte, waren doch damals Überfälle auf Tankstellen und Servicestationen, wie man in der Presse lesen konnte, an der Tagesordnung. Ich beschleunigte meine Schritte. Als ich die Tankstelle hinter mir gelassen hatte, bemerkte ich, dass der Anstieg steiler geworden war und auf den Seiten der Allee keine Häuser, sondern Zäune zu sehen waren, als hätte man diesen Vorort erst vor kurzem erschlossen. Jedes Grundstück hatte einen anderen Zaun. Die Seitenstraßen waren unasphaltiert.

Am höchsten Punkt des Hügels sah ich das Meer und die Lichter im Hafen, dazu den Verkehr, der die Strandpromenade entlangfloss. Die Lichter von Las Caletas, das auf der anderen Seite der Bucht lag, am Ufer des Coco-Flusses, sah ich nicht. Für einen grausamen Augenblick dachte ich, mein Orientierungssinn hätte mir einen Streich gespielt. Doch dann begriff ich, dass ich nur weitergehen und den zweiten Hügel überqueren musste, um in kurzer Zeit das Viertel am Alten Krankenhaus zu erreichen, ein Gelände, das ich wie meine Westentasche kannte, von dort aus war es zum Strand ein Katzensprung.

Also marschierte ich weiter, bis ich auf einen üppig bewachsenen Platz voller Bäume und großer, dunkler Pflanzen kam, die in der Brise ein merkwürdiges Geräusch erzeugten. Als würden sie sprechen. Als würden sie ein und dieselbe Geschichte hin und her wenden. Als hätte sich die Sonnenfinsternis, die wir erst nach Ablauf von dreißig Jahren wiedersehen sollten, zwischen ihren Blättern dauerhaft niedergelassen. Und ich hörte abermals den Hehe-Vogel. Er rief, wie ich mir vorstellte, nach einem anderen Vogel, aber keiner antwortete ihm. He he, he he, he he, sagte der Hehe-Vogel aus dem Wipfel einer der Kiefern. Und dann trat die Stille des Wartens ein. Niemand antwortete. Da rief der Vogel wieder, und dann wartete er erneut, mit demselben Resultat. Seine gute Laune blieb, so mutmaßte ich, trotz der Fruchtlosigkeit seines Rufens ungetrübt. Mir ging durch den Sinn, dass er über sich selbst lachte und nicht über diejenigen, die ihm zuhörten. Da überlegte ich nicht lange und rief zurück:

»He he«, anfangs eher leise, als wäre ich ein schüchterner Hehe-Vogel, dann aber lauter, bis meine Antwort einen überzeugenden Ton fand.

Von der Stille, die sich auf einmal über den Platz legte, bekam ich eine Gänsehaut. Nicht nur, dass der Hehe-Vogel mir nicht antwortete, ich hatte auch das Gefühl, alle Pflanzen würden sich nach mir umdrehen. Das Gefühl, beobachtet zu werden, brachte mich jedoch nicht von meinem Vorhaben ab, und so rief ich den Vogel ein weiteres Mal in seiner Sprache, die aus lediglich zwei Silben bestand, weshalb sein Ausdrucksreichtum, soweit vorhanden, davon abhängen musste, wie er diese Silben aussprach. Vielleicht, sagte ich mir, bedeutete das Hehe des Hehe-Vogels, den ich gehört hatte: Ich bin einsam, ich brauche eine Vögelin, oder: Ich bin fröhlich und guter Dinge, ich brauche eine Vögelin, und das Hehe, mit dem ich geantwortet hatte, hieß: Ich bringe dich um, ich reiße dich in Stücke, ich brauche deine Federn, nur so als Beispiel, oder: Ich brauche deine Eingeweide.

Wie vorherzusehen war, antwortete mir niemand. Ich stellte mir den Hehe-Vogel vor, wie er sich auf irgendeinem Ast versteckte und mit einem höhnischen Lächeln um den Schnabel auf mich heruntersah, einem in die Jahre gekommenen Komikerlächeln, von dem wie Würmer die Wörter Betrug und Blut hingen. Auf der anderen Seite des Platzes gabelte sich die Allee in zwei breite Straßen. Ich entschuldigte mich geistig bei dem Vogel für den Streich, den ich ihm gespielt hatte, und bog in die Straße zur Rechten ein, die womöglich besser beleuchtet war als die zur Linken.

Am Anfang führte die Straße steil bergab, aber nach kurzer Zeit wurde sie flacher. Die Häuser waren groß und verfügten alle über Garage und Gartenstück, wobei einige brandneue Autos am Bordstein geparkt standen. Es roch nach frisch gegossenen Pflanzen. Der Rasen in den Vorgärten wirkte sauber geschnitten, anders als es zum Beispiel im De-Gaulle-Park der Fall war. Alle paar Meter stand eine Straßenlaterne, und falls dieses Licht nicht ausreichte, brannte auf den Verandas fast aller Häuser ein Lämpchen, um das sich die Mücken und Motten scharten. Durch einige Fenster hindurch, nicht viele, konnte ich die Umrisse von Leuten erahnen, die nach dem Abendessen noch miteinander plauderten oder sich das Spätprogramm im Fernsehen ansahen, insgesamt hatte man allerdings den Eindruck, dass die meisten Bewohner dieser Straße schon schliefen.

Ich beschleunigte meine Schritte. Auf dem gegenüberliegenden Gehsteig, neben einer Straßenlaterne und einer riesigen Kiefer, stand eine Telefonzelle. Ich weiß noch, dass es mir seltsam vorkam, um nicht zu sagen irreführend, in diesem Viertel eine Telefonzelle vorzufinden, wo doch sicherlich alle einen Hausanschluss hatten. Bei mir war das nächstgelegene öffentliche Telefon über drei Häuserblöcke weit entfernt und die meiste Zeit defekt, meine Mutter und ich mussten daher, wenn wir einen Anruf zu machen hatten, mindestens sechs Häuserblöcke weit zum nächsten Telefon gehen, das auf der Calle del Velódromo lag, neben den Ständen mit Meeresfrüchten. Und just in dem Augenblick, als ich den gegenüberliegenden Gehsteig hochlief, fing das Telefon zu klingeln an.

Ich ging langsamer, blieb jedoch nicht stehen. Ich hörte deutlich das erste Klingeln, dann das zweite. Mir kam der Gedanke, dass gleich ein Junge oder Mädchen aus einem der dichtbewachsenen Gärten kommen und abnehmen würde. Das dritte Klingeln ließ mich erzittern, dann hörte ich das vierte und das fünfte und blieb stehen. Für einen kurzen Moment ging mir durch den Sinn, dass das Geräusch sämtliche Nachbarn aufwecken würde, und die sähen mich dann durch ihre Straße schlendern, einen Fremden, den sie wahrscheinlich für einen Dieb halten würden. Das Telefon klingelte zum sechsten Mal, dann hörte ich das siebte Klingeln und überquerte im Laufschritt die Straße. Als ich die andere Seite erreichte, blieb ich stehen und dachte, nun würde es aufhören, doch dann vernahm ich noch lauter das achte Klingeln und das neunte. Bevor es zum zehnten Mal klingeln konnte, schob ich mich ins Innere der Telefonzelle und nahm ab.

»Wer spricht da?«, sagte eine Stimme, deren Akzent aus keinem Landstrich Südguayanas oder Mittelguayanas stammte und schon gar nicht aus Nordguayana.

»Ich«, sagte ich ziemlich dümmlich.

»Aha, na, bestens. Und wie heißen Sie?« Die Stimme hatte auch keinen französischen Akzent. Wir sprachen natürlich Französisch, aber der Mann schien kein gebürtiger Franzose zu sein. Sagen wir, er klang wie ein Pole, der Französisch spricht, oder wie ein Serbe, der Französisch spricht.

»Diodoro Pilon.«

»Nach Diodor von Sizilien? Ein schöner Name, sehr originell«, sagte die Stimme. »Warten Sie einen Moment, das schreibe ich mir auf.« Ich hörte eine Art Lachen. Bestimmt war das Ganze ein Scherz. »Gut, Diodoro, wenn ich mich nicht irre, sind Sie ein junger Mann und ein Dichter, nicht wahr?«

»Das stimmt.«

»Sagen Sie mir doch, wie alt Sie sind, wenn Sie nichts dagegen haben.«

»Ich bin siebzehn.«

»Haben Sie einen Lyrikband veröffentlicht? Haben Sie einzelne Gedichte in irgendeiner Literaturzeitschrift veröffentlicht? Haben Sie in Tageszeitungen veröffentlicht, auf losen Blättern, in Wandzeitungen, Beilagen, Pfarrblättern?«

»Ehrlich gesagt, nein. Ich habe noch keines meiner Gedichte veröffentlicht.«

»Ist ein Buch von Ihnen im Druck? Haben Sie vor, demnächst etwas zu veröffentlichen, egal was?«

»Nein.«

»Gut, ausgezeichnet. Warten Sie einen Moment, Diodoro, legen Sie nicht auf ...«

Ich hörte ein Knacken. Als hätte jemand mit einem einzigen Hieb ein dünnes Brett zerschlagen. Ich hörte ein Rauschen in der Leitung. Flüche und gedämpfte Verwünschungen. Dann Stille. Außerhalb der

Telefonzelle, auf der Straße, schien alles normal. Ich stellte mir vor, wie die Leute und ihre Kinder schliefen. Ich stellte mir die jungen Frauen vor, die in dieser Straße wohnten, Frauen, die ich nicht kannte. Ich sah sie vor mir, wie sie morgens zur Schule gingen oder zur Universität, in Miniröcken oder in Uniformen, die etwas galten. Ich dachte an meine Mutter, die in Las Caletas auf mich wartete.

»Haben Sie eine Ahnung, wer ich bin, Diodoro?«, fragte auf einmal die Stimme.

»Nein.«

»Nicht die leiseste Ahnung?«

»Vielleicht soll das hier ja ein Scherz sein«, wagte ich mich vor.

»Kalt, ganz kalt. Das ist kein Scherz. Haben Sie wirklich nicht die leiseste Ahnung, warum wir Sie angerufen haben?«

»Wenn man's genau nimmt, haben Sie nicht mich angerufen. Ich kam zufällig vorbei und bin ans Telefon gegangen.«

»Nein, Diodoro. Unser Anruf galt Ihnen. Wir wussten: Wenn Sie an einem öffentlichen Telefon vorbeikämen, das *klingelte*, dann würden Sie rangehen. Natürlich haben wir viele öffentliche Telefone angerufen. Alle Telefone an einem der vier oder fünf Wege, die Sie heute Abend einschlagen konnten.«

»Ich betrete diese Straße heute zum ersten Mal.«

»Die Straße heißt Calle del Olmo. Soweit ich weiß, stehen dort allerdings keine Ulmen.«

»Ja, hier gibt es nur Kiefern.«

»Aber es ist eine hübsche Straße. Nun denn. Ich stelle Ihnen dieselbe Frage nochmal. Haben Sie eine Ahnung, wer wir sind?«

»Nein«, gestand ich.

»Würden Sie es gerne wissen? Möchten Sie unseren Vorschlag hören?«

»Ich kann es kaum erwarten«, sagte ich.

»Wir gehören … Nein, gehören ist kaum der passende Ausdruck, wir gehören nichts und niemandem … Tatsächlich gehören wir nur uns selbst. Und manchmal, Diodoro, ist noch nicht einmal das so klar.« Er dachte einen Moment lang nach. »Klingt das in Ihren Ohren übertrieben rigoros?«, fragte er dann.

»Nein, gar nicht. Ich bin mit dem, was Sie gesagt haben, völlig einverstanden. Der Mensch gehört nur sich selbst.«

»Nun ja, das trifft es nicht *genau*, aber die Richtung stimmt. Jetzt haben wir uns ein wenig verzettelt.«

»Sie wollten mir den Namen Ihrer Organisation nennen«, half ich ihm.

»Ach ja. Wir sind die Surrealistische Untergrundliga.«

»Die Surrealistische Untergrundliga.«

»Oder die Surrealistische Liga im Untergrund. Kurz SUG.«

»Sie gehören zur SUG?«, rief ich begeistert.

»Sagen wir, ich bin *aktives Mitglied* der SUG. Haben Sie bereits von uns gehört?«

»Ehrlich gesagt, nein.«

»Sehr wenige haben von uns gehört, Diodoro, das ist Teil unserer Strategie. Vom Surrealismus haben Sie aber schon gehört, oder?«

»Selbstverständlich. Unser Mentor, Roger Bolamba, war ein Freund des großen Dichters aus Südguayana, Régis Saint-Clair, von dem Breton gesagt hat: ›Sein Rappe ist die Nacht.‹«

»Im Ernst?«

»O ja.«

»Warten Sie einen Moment, Diodoro, legen Sie nicht auf.«

Ich hörte jemanden in einer Sprache fluchen, die gewiss kein Französisch sein konnte. Das war zweifelsfrei eine slawische oder balkanische Sprache.

»Régis Saint-Clair … Saint-Clair, Saint-Clair, Saint-Clair … Da habe ich ihn. Dichter aus Südguayana, Mitglied der Surrealisten-Gruppe von 1946 bis 1950. Geboren in Punta Tiburones, längere Zeit in Afrika ansässig. Verfasser von etwa zwanzig Büchern, in denen die *Négritude* gefeiert wird, die kreolische Küche, die geistige Landschaft des Exils … Die geistige Landschaft des Exils, ich wüsste gerne, wer das geschrieben hat … Am Ende seiner beruflichen Laufbahn in die Heimat zurückgekehrt, wo er Direktor der Nationalbibliothek wird … Stirbt in seinem Haus in Punta Tiburones eines natürlichen Todes. Ist er das?«

»Ja, Monsieur. Régis Saint-Clair.«

»Und Sie sagen, er war ein Freund Ihres Mentors, eines gewissen Bolamba?«

»Roger Bolamba. Die beiden waren richtig dicke. Entschuldigen Sie den Ausdruck.«

»Begraben Sie Ihre Mentoren, Diodoro, ich glaube, mit siebzehn Jahren wird es dafür langsam Zeit.«

»Das werde ich erwägen, Monsieur«, sagte ich, aus einem unerfindlichen Grund hellauf begeistert.

»Zurück zu uns. Sie sagten, Sie würden den Surrealismus schon kennen, ja?«

»Die besten Dichter der Welt«, bestätigte ich im Brustton der Überzeugung.

»Nicht nur Dichter, Diodoro, auch Maler und Cineasten.«

»Also, Buñuel finde ich großartig.«

»Aber vor allem Revolutionäre, Diodoro. Nun aufgepasst. Es gibt Propheten, Seher, Magier, Hexenmeister, Nekromanten, Paragnosten. Aber in Wirklichkeit sind das nur Verkleidungen. Manchmal würdige, manchmal auch stümperhafte Verkleidungen. Nichts als Verkleidungen, verstehen Sie mich?«

»Ja, ich verstehe«, sagte ich etwas unsicher.

»Und was verbirgt sich hinter diesen Verkleidungen? Revolutionäre. Denn darum geht es eigentlich, verstehen Sie das?«

»Ja«, sagte ich. »Die Revolutionäre bleiben im Verborgenen, um die Revolution zu machen.«

»Nein«, sagte die Stimme. »Die Revolution macht man mit unverhülltem Gesicht. Die Revolutionäre bleiben im Verborgenen, um die Revolution *vorzubereiten*.«

»Verstehe.«

»Und die Surrealistische Untergrundliga ist im Wesentlichen das. Eine surrealistische Gruppe, von der niemand weiß. Wir leiden an mangelnder Bekanntheit«, sagte er und fing an zu lachen. Er lachte nicht wie ein Franzose, sondern wie ein Pole oder Russe, der seit langem in Paris lebte. »Und das erklärt auch diese Form der Mitgliederwerbung, wobei der Ausdruck ungenau ist, sagen wir, diese Form von *Auswahl* mittels Telefonanruf.«

»Warum übernimmt denn die Auswahl nicht der ... offizielle Surrealismus?«, regte ich an.

»Der offizielle Surrealismus ist ein verdammter Sauhaufen, Diodoro, ich könnte Ihnen da Sachen erzählen. Seit Breton tot ist, ist dieses Völkchen einfach unerträglich. Nicht dass Sie mich falsch verstehen, natürlich gibt es da auch brauchbare Leute, vor allem einige Witwen, Surrealistenwitwen sind oft ganz außerordentlich, aber die überwiegende Mehrheit der Betreffenden sind unfassbare Nichtnutze. Wenn es in meiner Hand läge, würde ich sie allesamt aufhängen, an den Straßenlaternen der Champs-Elysées.«

»Da bin ich ganz bei Ihnen«, sagte ich.

»In der Tat«, sagte die Stimme in nunmehr träumerischem Ton, »ist der offizielle Surrealismus, abgesehen von den erwähnten ehrenhaften Ausnahmen, über die Existenz der SUG nicht im Bilde. Sie müssen sich das so vorstellen, das ist, als lebte in einem Raum ein

Mensch aus Fleisch und Blut, einer wie Sie oder ich, aber gleichzeitig lebte dort auch – wobei ich nicht weiß, ob das Wort *leben* das richtige ist – ein Gespenst. Beide teilen dieselbe Bühne oder Landschaft. Aber sie können einander nicht sehen. Nun ja. Es ist ein Jammer. Am Anfang war es selbstverständlich nicht so. Die Surrealisten und die Surrealisten im Untergrund kannten sich, gelegentlich waren sie *Freunde*, einige spielten in beiden Mannschaften mit, sie waren gewissermaßen tagsüber Surrealisten und nachts Surrealisten im Untergrund. Man machte Insiderwitze, es herrschte eine allgemein lockere Stimmung. Breton hat sogar in einem Interview, das heute glücklicherweise vergessen ist, einen Teil des Projekts enthüllt. Er sagte vielleicht, vielleicht, vielleicht sei es nun an der Zeit, dass der Surrealismus in die Katakomben zurückgehe. Vielleicht, vielleicht, vielleicht. Zum Glück hat das niemand ernst genommen. Wovon sprachen wir gerade?«

»Ich glaube, von der Auswahl per Telefon.«

»Ja, so rekrutieren wir neue Leute. Wir können in jedem Teil der Welt anrufen. Wir haben da eine Methode, die Telefongesellschaften auszutricksen, so dass uns die Anrufe nichts kosten. Manche Mitglieder der SUG sind technische Genies, Diodoro, und das hier ist erst der Anfang. Außerdem markieren wir derartige Telefone mit Zeichnungen und überlassen sie dann Einwanderern, die mit ihren Verwandten in Senegal oder Klein-Guayana sprechen wollen. Auch das Telefon von heute werden wir kein weiteres Mal verwenden. Wir halten uns da an strenge Sicherheitsmaßnahmen. Als wären wir die Stadtguerilla von São Paulo, so müssen Sie sich das vorstellen.«

»Ich glaube, die Stadtguerilla von São Paulo wird gerade in schwindelerregendem Tempo massakriert«, sagte ich.

»Und uns bringt im Sommer die Hitze um und im Winter die Kälte. Und manchmal die Langeweile, weil wir alt werden, und Langeweile ist eine der Plagen des Alters. Ich erzähle Ihnen mal eine Geschichte, Diodoro, aufgepasst. Ende der dreißiger oder Anfang der sechziger Jahre bestellte André Breton fünf junge Surrealisten zu sich nach Hause. Vier von ihnen waren gerade erst nach Paris gekommen. Der fünfte stammte von da und war ziemlich introvertiert. Das heißt, er hatte wenige oder keine Freunde. Die jungen Leute kamen also zu Breton. Unter ihnen waren ein Russe, ein Italiener, ein Deutscher und ein Spanier. Sie konnten natürlich alle Französisch. Genau genommen sprach der Deutsche besser Französisch als der junge Franzose, der nicht nur introvertiert war, sondern auch ein Stotterer und Legastheniker. Gut. Da sind also die fünf jungen Männer, der älteste zweiundzwanzig Jahre alt, der jüngste achtzehn, bei Breton zu Gast, ein wenig überrascht, dass weder Bretons Frau noch seine Tochter da sind und auch keiner von den berühmten Surrealisten oder von denen, die *sie* in ihrem jugendlichen Enthusiasmus für berühmt halten, vielleicht weil sie ein Gedicht in irgendeiner Zeitschrift veröffentlicht haben, an die sich heute nur noch Bibliophile erinnern, oder einen angeblich surrealistischen Gedichtband, der heute restlos vergessen ist, Sie wissen schon, der Hofstaat von Mittelmäßigen, mit dem ein König sich abfinden muss.«

»Aber Breton war kein König«, wandte ich ein.

»Nein, das war er tatsächlich nicht. Dann eben ein Kanzler. Oder der Außenminister, was halten Sie davon?«

»Ist gut«, sagte ich.

»Nun aufgepasst. Da sind die fünf jungen Männer, und auf einmal erscheint Breton. Er begrüßt jeden von ihnen mit Namen. Kennt sie dem Anschein nach sehr gut. Stellt ihnen Fragen. Nickt zustimmend. Die jungen Männer sind genauso, wie er sie sich vorgestellt hat. Sie verbringen den Nachmittag zusammen. Dann gehen sie zum Abendessen. Sie spazieren durch die Straßen von Paris. Eines Paris, das im

Sterben liegt, Diodoro, eines Paris, dessen Zepter auf der anderen Seite des Ozeans erstrahlt, in New York. Sie jedoch gehen durch die Straßen von Paris und reden über alles. In Bretons Worten nehmen die jungen Männer die Dringlichkeit wahr, das Aufblitzen eines Plans, der ihnen noch nicht enthüllt ist. Schließlich betreten sie ein Café, ein Café wie jedes andere, und Breton fragt, ob sie sich in der Lage sähen, in die Kanalisation hinabzusteigen und zehn Jahre lang dort zu leben. Erst glauben die jungen Männer, Breton meine das im übertragenen Sinn. Der wiederholt seine Frage. Die jungen Männer antworten mit anderen Fragen. Was für eine Kanalisation? Die Kanalisation von Paris? Die Kanalisation des Geistes? Die Kanalisation der Kunst? Breton antwortet nicht. Sie trinken. Sie sprechen von anderen Dingen. Dann zahlen sie und treten hinaus auf die Straße. Erneut verlieren sie sich in den geschäftigen Gassen eines alten Viertels. In einem Gässchen voller Kritzeleien politischer Splittergruppen zeigt Breton plötzlich auf eine Holztür, und sie betreten einen Raum, der aussieht wie das Lager eines Spielzeugfabrikanten. Der Raum hat eine Tür, die in einen weiteren Raum führt, der seinerseits ebenfalls eine Tür hat, die in einen weiteren Raum führt. Und so weiter. Sogar Angelzeug sehen die jungen Männer auf ihrem Weg durch die Zimmer. Breton hat einen Schlüsselbund, mit dem er eine Tür nach der anderen öffnet. Schließlich erreichen sie den letzten Raum. Hier liegt keine weitere Tür hinter der, durch die sie eingetreten sind. Doch dann führt Breton sie in eine Ecke und öffnet eine Bodenklappe. Sie steigen hinab. Breton voraus, mit einer Taschenlampe, die neben den ersten Leitersprossen an der Wand hing, und dann die fünf jungen Männer. Sie gelangen in einen achteckigen Saal. Überrascht lauschen sie dem Plätschern des Wassers, das ihnen bestätigt, dass sie sich im Abwassersystem von Paris befinden. An die Wände des Saals hat irgendjemand, ein Maler oder ein Kind mit mongolischen

Zügen, ein paar Kreidefiguren gezeichnet, die von der Feuchtigkeit verwischt sind. Breton fragt abermals, ob sie bereit seien, zehn Jahre lang in der Kanalisation zu leben. Die jungen Männer hören ihm zu, sehen ihm dabei fest in die Augen, dann wenden sie sich wieder den Kreidezeichnungen zu. Ja, sagen sie alle. Und machen sich wieder auf den Weg nach draußen. Breton geht an der Spitze. Als sie den ersten Raum erreichen, oder den letzten, je nachdem, denjenigen, der wie das Lager eines Spielzeugherstellers aussieht, nimmt er aus einer Schublade vier Satz Schlüssel, die er vier von den jungen Männern überreicht. Dem fünften übergibt er seinen eigenen Schlüsselbund. Dann schüttelt er jedem einzelnen die Hand und sagt ihm Lebwohl. Die jungen Männer bleiben alleine zurück. Einige Sekunden lang stehen sie reglos da und starren einander an. Dann sperrt der Russe die Türe zu, und sie kehren zurück in die Kanalisation.«

Schlagartig verstummte der Mann am anderen Ende der Leitung, der Anrufer aus Paris, als hätte ihn die Schilderung dieser Szene (oder vielleicht die Erinnerung daran) erschöpft. Ich hörte seinen Atem. Mir kam der Gedanke, er hätte vielleicht einen Asthmaanfall erlitten oder einen Herzinfarkt.

»Geht es Ihnen gut?«, fragte ich.

»Ja, bestens … Bestens …«

Dann hustete er oder spie geräuschvoll Schleim und verstummte wieder. Nach einer kurzen Weile begann er, ein Lied zu summen, das in Frankreich in Mode war, aber noch nicht in Guayana, wo man eher die Musikerzeugnisse aus den Vereinigten Staaten findet als die aus Frankreich oder Italien oder Deutschland, falls denn in diesen Ländern Musik gemacht wird.

»Wo waren wir stehengeblieben?«, fragte er plötzlich.

»Bei den jungen Männern, die beschließen, in der Kanalisation zu bleiben.«

»Gut. Aufgepasst. Die jungen Männer bleiben in der Kanalisation und gründen den Kern der Surrealistischen Untergrundliga. Selbstverständlich können sie hinausgehen, sooft sie das wünschen. Sagte ich schon, dass jeder von ihnen einen Satz Schlüssel hat, so dass er den Ort stets verlassen kann?«

»Ja.«

»Sie sind also keine Gefangenen. Unter ihnen ist keiner der Chef. Das begreifen sie auf der Stelle. Nicht einmal Breton, der ja seinen eigenen Satz Schlüssel abgegeben hat, bevor er gegangen ist. Sie können hinausgehen, sie können in ihre *chambres de bonne* zurückkehren, sie können einen Zug nehmen und sich für immer auf den Bahnhöfen Europas verlieren. Tatsächlich gehen sie manchmal nachts aus. Sie sind jung. Sie strotzen, mehr oder weniger, vor Kraft. Sie haben ihre Bedürfnisse, die sie in der Kanalisation nicht befriedigen können. Gelegentlich wohnen sie den Zusammenkünften der Surrealisten bei und schütteln Breton die Hand, der sich ihnen gegenüber leutselig gibt, so freundlich wie immer, aber mit dem sie *niemals* über die SUG sprechen. Breton sieht sie, ohne sie zu sehen. Breton erinnert sich an sie, ohne sich an sie zu erinnern. Natürlich lernen sie Leute kennen. Sie lernen Nora Mitrani kennen, die sie sieht, ohne sie zu sehen. Sie lernen Alain Jouffroy kennen, der sie sieht, ohne sie zu sehen. Sie sprechen mit Joyce Mansour. Joyce Mansour sieht sie, ohne sie zu sehen. Wozu auch. Na ja, sie vögelt mit einem von ihnen. Joyce Mansour war eine traumhaft schöne Frau, Diodoro, Sie haben ja keine Ahnung. Die fünf unterhalten sich, manchmal sind sie Freunde von José Pierre, von Roberto Matta, von Jean Schuster, kurzum, sie pflegen soziale Kontakte, gehen ins Kino, melden sich im Boxverein an, sie schlafen mit Mädchen, einer von ihnen schläft mit Jungs, manchmal, im Sommer, machen sie Urlaub an der Adria oder in den norwegischen Fjorden. Nicht, dass Sie sich ein falsches Bild machen: Diese Aktivitäten finden keineswegs in der Gruppe statt, jeder hat seinen eigenen Satz Schlüssel, sie gehen alleine aus, manchmal vergehen *Monate*, ohne dass sie einander zu Gesicht bekommen, die Kanalisation ist schließlich so groß wie Paris selbst, ein auf den Kopf gestelltes Paris, nur dass man in diesem besonderen Paris keine Bürger findet, sondern die Rückstände der Bürger, ihr Fäkalwasser, ihren Urin, ihre Tränen, ihren Schweiß, ihren Samen, ihr Erbrochenes, ihre Föten, ihr Blut, also die *Schattenseite* der Bürger, den beharrlichen Schatten, könnte man sagen, und unsere fünf jungen Männer riskieren bei ihren Erkundungen lediglich – das Risiko ist minimal –, auf eine Gruppe städtischer Arbeiter zu stoßen, auf die Kanalinspektion, auf die Reinigungstrupps, die regelmäßig in die labyrinthische Unterstadt hinabsteigen und deren Anwesenheit sehr leicht festzustellen ist, die Arbeiter haben nämlich Angst vor den Methangasen, die sich in den toten Gängen ansammeln, und ergreifen etliche Vorsichtsmaßnahmen. Ihre Schreie, Diodoro, hört man aus vier Kilometern Entfernung. Die Schreie der Kanalarbeiter. Ihr Lachen, ihre Scherze, ihre Eile, den jeweiligen Auftrag hinter sich zu bringen und schleunigst wieder zu verschwinden. Unsere jungen Männer dagegen haben überhaupt keine Eile. Sie wissen, dass sie das Ende ihrer Arbeit nicht erleben werden. Deshalb machen sie sommers ohne einen Mucks die Mücke. Allerdings gibt es eine Regel, die zu befolgen sie sich zwingen, wobei sie sich auch daran nicht immer gehalten haben: Wie in einem Krankenhaus hat stets einer Bereitschaftsdienst. Vier gehen, einer bleibt. Kein Problem. Wer dableibt, arbeitet weiter. Diejenigen, die gehen, in gewisser Weise ebenfalls. Und so nimmt die Arbeit, das Projekt, allmählich Gestalt an, es verzweigt sich, es wächst, wenn auch nicht linear. Es ist wie ein Roman, vielleicht erkläre ich es Ihnen am besten so, der nicht am Anfang beginnt. In der Tat, Diodoro, ist es ein Roman, der wie jeder Roman, das nebenbei, nicht im Roman anfängt, in dem Gegenstand, dem Buch, das ihn enthält, verstehen Sie? Seine ersten Seiten befinden sich in einem anderen Buch oder in einer Gasse, in der ein Verbrechen begangen wurde, oder in einem Vogel, der eine Gruppe von Kindern beobachtet, die spielen und ihn selbst nicht sehen.«

»Klare Sache«, sagte ich.

»Weshalb unsere jungen Männer herausfinden, dass sie der Kanalisation so lange fernbleiben können, wie sie möchten. Die Arbeit geht immer mit ihnen. Sie können touristische Reisen unternehmen, können nach Griechenland fahren oder auf die Philippinen, können wochenlang auf dem Amazonas dahinpaddeln, was ist es doch für ein Genuss, auf dem Amazonas dahinzupaddeln, die Augen halb geschlossen, während das Leben bei ihrer Durchfahrt seufzt und knarrt, in Hängematten zu schlafen und zu hören, wie die Frauen mit ihren Töchtern Portugiesisch reden. Tatsächlich, Diodoro, aufgepasst, finden die fünf jungen Männer recht bald heraus, dass es nicht nötig ist, in der Pariser Kanalisation zu *leben*. Einen Tag im Monat dort zu verbringen, wäre schon genug. Aber das Kanalisationsnetz ist für sie zu einer gut ausgestatteten Metapher geworden. Sie haben dort ihre Werkstätten, ihre Studierzimmer, ihre Bibliotheken. Sie sprechen natürlich über die Möglichkeit, fortzugehen. Jeder schlägt einen anderen Ort vor. Aber am Ende bleiben sie. Ach je, ach je, am Ende bleiben sie.«

Eine Weile lang hörte ich nichts. Mich überkam der Eindruck, der Mann am anderen Ende der Leitung sei in Tränen ausgebrochen oder stoße einen Seufzer nach dem anderen aus.

»Woher, glauben Sie, kommt das Geld, das den jungen Männern dieses Leben erlaubt, ein Leben als Paschas und Bettler?«, sagte er auf einmal mit neuer Kraft.

»Ich weiß nicht«, gab ich zu.

»Die jungen Männer stellten sich damals diese Frage. Denn Geld haben sie, das versichere ich Ihnen. Einmal im Monat finden sie in einem der Räume, durch die man in ihren Schlupfwinkel gelangt, einen Umschlag mit einer erklecklichen Summe, die sie untereinander aufteilen. Am Anfang legt die Logik nahe – denn die Logik, Diodoro, ist wie ein Irrenhaus –, dass Breton sie finanziert. Die Arbeit, in die sie sich stürzen, nimmt sie voll in Beschlag, und bald vergessen sie die Frage. Das einzig Sichere ist, dass sie über ausreichend Geld verfügen, um davon ihren Lebensunterhalt zu bestreiten und sich den einen oder anderen Luxus asiatischen Ausmaßes zu gönnen, wobei zwei von ihnen zu diesem Zeitpunkt praktisch wie Clochards leben. Doch 1966 stirbt Breton, und während der ersten Monate danach erwägen sie die Möglichkeit, dass die Unterstützung an ihr Ende gelangen könnte. Aber das Geld trifft weiterhin pünktlich ein. Also wenden sie sich ein weiteres Mal der ungelösten Frage zu. Wer zahlt? Wer finanziert sie? Wem liegt daran, dass ihre Arbeit nicht unterbrochen wird? Sie denken, es ist unvermeidlich, an die CIA, an den KGB, ans französische Kulturministerium. Sie gehen diesen Optionen nach, verwerfen sie jedoch bald als allzu verstiegen. Schließlich stehen sie *eindeutig* nicht auf der Seite des KGB oder der CIA. Über die Möglichkeit, dass der Kulturminister verrückt geworden sein könnte, spekulieren sie mehrere Nächte lang, während sie nach dem Abendessen rauchen und Cognac oder Whisky trinken. Sie müssen sich das so vorstellen: Die jungen Männer verbringen den Tag allein, ohne miteinander in Kontakt zu stehen, sie arbeiten auf den rätselhaften Wegen und Straßen der Kanalisation, und wenn der Abend hereinbricht, knipsen sie ihre Taschenlampen an und begeben sich vielleicht leise pfeifend in den ersten Raum, den sie gesehen haben, den Raum, den Breton ihnen gezeigt hat. Dort duschen sie oder nicht, ziehen sich um oder nicht und setzen sich zum Essen. Einer von ihnen übernimmt das Kochen. Meistens der Franzose, der Italiener oder der Spanier. Manchmal, eher selten, der Russe. Niemals der Deutsche. Außerdem machen sie das nicht jeden Abend. Nur wenn sie etwas Dringendes zu besprechen haben, einen Alptraum zum Beispiel oder die Suche nach dem fehlenden letzten Teil in einem Puzzle. Jemand finanziert sie. Dieser Jemand ist nicht Breton, denn der ist schon tot. Ein nordamerikanischer oder sowjetischer Nachrichtendienst ist es auch nicht. Und doch kennt jemand ihr Geheimnis und besitzt einen Satz Schlüssel, denn das Geld finden sie nicht an der Tür des Spielzeuglagers, sondern in einem der inneren Räume, in den man nur durch zwei oder drei abgesperrte Türen gelangen kann. Tagelang wälzen sie das Thema hin und her. Sie lauern dem Besucher auf, stellen ihm Fallen, erwarten ihn versteckt in einem Schrank. Aber der kapitalistische Kollege, der einen besonderen Riecher dafür zu haben scheint, ihre Anwesenheit festzustellen, geht ihnen nicht auf den Leim. Sie konstruieren ein eigentümliches System aus Spiegeln, um sein Abbild einzufangen, in erster Linie dazu gedacht, einen Reflex von einem Spiegel zu einem anderen zu lenken, durch ein Schlüsselloch hindurch. Nachdem das alles fehlgeschlagen ist, sehen sie schließlich im Kino einen Detektivfilm, und da wird ihnen klar, dass die Lösung ganz einfach ist: Sie brauchen nur an einem unauffälligen Ort eine Filmkamera anzubringen. Und das, Diodoro, führt zu einem befriedigenden Resultat.«

»Und zwar?«, fragte ich. »Wer bringt ihnen das Geld?«

»Eine Frau. Eine ältere Dame. Die Filmbilder sind nicht sehr scharf. Als sie den Film entwickeln, sehen sie lediglich eine Tür, die sich öffnet, und eine schwarz gekleidete Frau, das Gesicht mit einem seidenen Schleier verhüllt, die zwei kleine Schritte tut und einen Umschlag aus der Handtasche zieht. Dann macht die Frau kehrt, und das war's. Im darauffolgenden Monat installieren sie zwei Kameras.

Dieselbe Szene, aber länger und mit einem grundlegenden Unterschied. Die Frau, die den Raum betritt, ist schwarz gekleidet, ihr Gesicht verschleiert, aber es handelt sich nicht um die Frau vom vorangegangenen Monat. Es ist eine *andere Frau*. Kleiner vielleicht, korpulenter, weniger wendig. Mit einem Schlag begreifen unsere fünf jungen Männer, dass alles, die finanziellen Unterstützerinnen eingeschlossen, Teil desselben Projekts ist. Sie filmen weiter. Die Frau, die im dritten Monat erscheint, ist sehr groß, sie trägt eine schwarze Hose und einen schwarzen Rollkragenpullover. Außerdem hat sie keinen Hut auf, sondern eine Baskenmütze. Sie bedeckt ihr Gesicht nicht mit einem Schleier, sondern mit einem Tuch aus schwarzem Satin. Im vierten Monat kommt ein altes Weiblein, das sich kaum noch auf den Beinen halten kann, wobei die Haltung von großer Willenskraft kündet und von einem gewissen Stil, sagen wir, den schwelenden Kohlen eines Stils. Ihr Kleid ist schwarz, ihr Gesicht mit schwarzem Tüll bedeckt, an ihren pergamentartigen Handgelenken trägt sie Armreife von unschätzbarem Wert. Die Frau im fünften Monat hingegen ist jung, obwohl man in ihrem Gang, den die jungen Männer ein ums andere Mal betrachten wie Kinder im Bann eines Westernfilms, die Erfahrung der Liebe sehen kann und vielleicht die Erfahrung des Verbrechens. Diese Frau trägt keinen Schleier, sondern eine dunkle Brille, und in ihrem Blick errät man just aufgrund der Brille eine tödliche Kälte. Ihr Blick, könnten wir anmerken, sind ihre Wangen und ihre Lippen. Die Frau im sechsten Monat trägt ebenfalls eine schwarze Brille, und der Rest ihres Kopfes ist von einem Turban bedeckt. Sie ist groß, und ihre Bewegungen sind präzise, haben allerdings auch etwas irgendwie Schüchternes. Als sie den Umschlag mit dem Geld ablegt, besehen sich die jungen Männer ihre Hände und bemerken, dass sie schwarz ist. Die Frau im siebten Monat singt beim Eintreten. Sie unterbricht ihren Gesang nur, um ein Taschentuch zur Nase zu führen und sich zu schnäuzen. Da verrutscht ihr Schleier, und sie rückt ihn mit der Unbeholfenheit einer Betrunkenen zurecht. Ihr schwarzes Kleid ist verknittert, ihr Hut wie aus Papier. Nicht unwahrscheinlich, dass sie in der vergangenen Nacht in diesen Kleidern geschlafen hat. Ihre Augen, die der Schleier nicht verhüllen kann, blitzen vor Entschlossenheit. Die Entschlossenheit eines Menschen, der sich mit Fäusten und Krallen einen Weg durch einen langen Korridor von Träumen bahnt. So geht es weiter, bis ein Jahr vergangen ist. Dann wiederholt sich das Erscheinen der ersten Frau, und dann das der zweiten und der dritten und so fort. Da beschließen die jungen Männer, ihnen zu folgen. Die Beschattung ist kompliziert, sie müssen dafür eine Spur aus Brotkrümeln oder Steinchen hinterlassen, nur dass die Brotkrümel oder Steinchen nicht von den jungen Männern hinterlassen werden können, scheinen die Frauen doch einen sechsten Sinn zu haben, der sie vor deren Nähe warnt, die Spuren müssen also von ihnen selbst kommen. Nach einiger Zeit trägt der erhebliche Aufwand Früchte. Die drei Frauen, denen sie gefolgt sind, erweisen sich als drei Witwen von Surrealisten. Zwei davon sind Witwen von Malern, deren Werke auf dem internationalen Kunstmarkt hoch im Kurs stehen. Die dritte ist die Witwe eines Dichters, der über ein großes Familienvermögen verfügte. Als sie der vierten folgen, stellt sich heraus, dass auch sie die Witwe eines Malers ist. Für die übrigen finden sie ein weitaus simpleres System: Sie recherchieren einfach die Surrealisten, die bei ihrem Tod eine große Menge Geld hinterlassen haben, und machen sich anschließend auf die Suche nach deren Witwen. Der nächste Schritt wäre nun, bei einer dieser Witwen vorstellig zu werden und sie nach den Gründen zu fragen, die sie dazu bewegen, für die Unkosten der jungen Männer aufzukommen, doch diese beschließen, keinen solchen Schritt zu unternehmen: Irgendwie spüren sie, dass die Zeit noch nicht reif dafür ist. Nachdem das Problem gelöst ist, vertiefen sie sich wieder in ihre Arbeit. In ihr Opus magnum. Wissen Sie, worin dieses wahrlich große Opus besteht, Diodoro?«

»Ich habe eine vage Vorstellung, Monsieur. Die Revolution vorzubereiten? Die Grundlage für die Literatur der Zukunft zu schaffen?«

Diese Fragen zu stellen schien mir in diesem Moment das Passendste. Ich wollte nicht dastehen wie ein Trottel. Ich wollte nicht, dass dieser Mann, der mich aus Paris anrief, schlagartig erklärte, ich sei kein geeigneter Kandidat, und das Telefonat beendete.

»Kalt, ganz kalt, aber gleichzeitig auch heiß, ganz heiß.«

Die Stimme schien sich von mir zu entfernen, als würden zwischen meinem Gesprächspartner und mir Türen zuschlagen, eine nach der anderen, unter dem Ansturm eines orkanartigen Windes, der nicht nur ihn kleiner machte, sondern auch mein gutes Gehör buchstäblich verkleinerte, und so griff ich mir ans Ohr, an das ich den Telefonhörer gepresst hatte, und betastete es: Die Größe war unverändert, es war nur viel heißer als sonst.

»Ich werde Ihnen etwas über das Opus magnum sagen und darüber, was für eine Rolle wir Ihnen in der Surrealistischen Untergrundliga zugedacht haben, wenn Sie erst einmal dabei sind.«

»Wann denn?«, ächzte ich.

Mein Gesprächspartner räusperte sich. Ich hörte ihn ausspucken. Ich stellte mir vor, wie er in einer unterirdischen Galerie durch ein gekapertes Telefon sprach, den Blick auf den Fluss gerichtet, der durch die Galerie auf eine riesige Kläranlage zufloss, sie glich einer Mühle mit versilberten Flügeln.

»In drei Monaten. Wir erwarten Sie am 28. Juli um Punkt acht Uhr abends in der Rue de la Réunion am Friedhof Père Lachaise. Haben Sie Papier und Bleistift?«

»Ich habe einen Kuli«, sagte ich.

»Dann notieren Sie. 28. Juli. Acht Uhr abends. Rue de la Réunion am Friedhof Père Lachaise. Sollte etwas schiefgehen, begeben Sie sich in die Rue du Louvre und spazieren zwischen der Rue Saint-Honoré und der Rue d'Aboukir hin und her. Dort wird ein buckliger kleiner Mann auf Sie zukommen und Sie nach dem *Promenade de Vénus* fragen. Kennen Sie das *Promenade de Vénus*?«

»Nein.«

»Das ist ein Café. Nun denn. Aufgepasst. Ein kleiner Buckliger kommt auf Sie zu und fragt, wo das *Promenade de Vénus* liegt. Sie antworten darauf nichts, Sie tippen sich nur an den Kopf, wie um darauf hinzuweisen, dass die Adresse des Cafés eine geistige Angelegenheit ist. Haben Sie verstanden? Haben Sie das alles notiert?«

»Ja.«

»Gut, Diodoro Pilon, bis auf Weiteres ist das alles.«

»Aber wie soll ich nach Paris kommen?«, fragte ich.

»Mit dem Flugzeug natürlich oder mit dem Schiff.«

»Ich habe kein Geld«, schrie ich fast.

Einige Sekunden lang hörte ich nichts. Mir kam in den Sinn, dass mein Schrei allzu schrill gewesen war, vielleicht hatte mein Gegenüber ihn unhöflich gefunden.

»Sind Sie noch dran, Monsieur?«, fragte ich.

»Ich denke nach, Diodoro, aber mir fällt nichts ein. Wir können Ihnen von hier aus kein Ticket zukommen lassen. Geld schicken können wir auch nicht. Das würde gegen unsere Sicherheitsvorkehrungen verstoßen. Nein, das müssen Sie selbst lösen. Wenn Sie erst einmal in Paris sind, können wir uns um das Finanzielle kümmern, aber die Reise müssen Sie selbst finanzieren.«

»Keine Sorge, Monsieur, am 28. Juli bin ich auf dem Friedhof Père Lachaise«, sagte ich ein wenig erholt, allerdings ohne die leiseste Ahnung, woher ich das Geld für die Reise nehmen sollte.

»Nicht auf dem Friedhof, Diodoro, in der Rue de la Réunion, Rue de la Réunion, zum Donnerwetter, merken Sie sich das gefälligst.«

»In der Rue de la Réunion, kein Problem.«

»Gut, dann wünsche ich Ihnen viel Glück im Leben, adieu.«

Damit legte er auf.

Ich verharrte auf der Stelle, ohne zu wissen, ob ich in Gelächter ausbrechen oder mich kneifen sollte, den Telefonhörer weiter in der Hand, während es um mich Tag zu werden begann. Das Licht, das durch die Scheiben der Telefonzelle fiel, hatte eine zaghafte Blässe, und es verbanden sich darin das Grün der Hügel und das Perlgrau des Meeres in den ersten Morgenstunden. Für eine Weile fühlte ich mich wie im Inneren eines durchsichtigen U-Boots. Eines kleinen U-Boots, das die Tiefen eines Meeresgrabens ergründet hatte, und jetzt, da ich wieder an der Oberfläche war, hatte ich Angst, die Tür zu öffnen und von dort zu verschwinden.

Aus einem der Häuser im Viertel trat ein Mann in einem hellen Anzug, das Sakko in der einen Hand, eine Pose, die sorglos und zugleich akkurat wirkte, in der anderen Hand eine kleine Ledermappe. Er trug ein kurzärmeliges weißes Hemd. Seine Arme waren lang und kräftig wie die eines Profischwimmers. Vielleicht war er ein Universitätsprofessor oder ein Regierungsbeamter. Er musterte mich, als versuchte er, mich wiederzuerkennen, dann stieg er in seinen Wagen und fuhr los. Auf Höhe der Telefonzelle sah er mich noch einmal geradeheraus an, und ich erwiderte seinen Blick. Als der Wagen sich entfernt hatte, trat ich aus der Kabine und machte mich auf den Weg nach Las Caletas. Um diese Uhrzeit würde ich meine arme Mutter dort nicht mehr vorfinden, aber ich hatte Lust, mir ein wenig die Beine zu vertreten, bevor ich nach Hause ging.

Während ich hinunter in Richtung Strand ging, durch das Viertel ums Alte Krankenhaus, sah ich einen Mann, den ich vom Sehen kannte, einen älteren Schwarzen mit Hakennase, ich war ihm manchmal begegnet, wenn er in der einen oder anderen Hafenkneipe Gitarre spielte oder im De-Gaulle-Park in einer Telefonzelle stand und lauschte, ohne ein Wort zu sagen, völlig durchgeschwitzt.

Am Strand waren sämtliche Stände schon zu. Der Sand, der später am Tag gelb war, schien jetzt mit einem weißen Laken bedeckt, an manchen Stellen auch mit einem Leichentuch aus Asche. Ich traf einen Trunkenbold, dem meine Mutter manchmal einen Teller gebratenen Fisch gab, er war gerade erst aufgewacht.

»Pilon, Junge, was machst du denn schon auf den Beinen?«, fragte er.

»Ich war noch gar nicht schlafen, Aquiles«, sagte ich.

Ich setzte mich neben ihn auf die Mauer am Boulevard und hörte mir eine Zeitlang seine Geschichten an. Er erzählte mir, in der letzten Nacht, während ich mit Paris telefonierte, sei ein Kater durchgedreht, man habe ihn totschießen müssen. Das mit der Sonnenfinsternis, sagte er, sei völlig übertrieben, die Leute würden sich für jeden Dreck begeistern lassen. Er glaube ja, dass sich am Himmel wahre Wunder abspielen würden, und zwar jeden Tag, aber für einen Mann zähle doch nur eine gute Frau an seiner Seite. Auf alles könne man verzichten, bloß darauf nicht. Während wir uns so unterhielten, sah ich am anderen Ende der Avenida drei Gestalten auftauchen, die torkelnd auf uns zukamen. Vermutlich Betrunkene, dachte ich, Freunde von Aquiles vielleicht auf der Suche nach einem Bett oder Krankenhaus. Doch als sie näher kamen, bemerkte ich, dass es der elegante Mann war, der im *Vecindad del Sol* getanzt hatte, während der Sonnenfinsternis, begleitet von den zwei Frauen. Der Elegante wirkte nicht mehr so elegant wie vorher, sein Anzug hatte an mehreren Stellen Risse, und die Krawatte schien er verloren zu haben. Mit der Kleidung der älteren Frau verhielt es sich mehr oder minder genauso. Nur die junge schien eine friedliche Nacht verbracht zu haben. Als sie bei uns angelangt waren, fragte sie nach der Adresse einer billigen Pension, wo sie unterkommen könnten. Aquiles sah sie forschend an und erkundigte sich dann, was den anderen beiden passiert sei.

»Sie können nichts mehr sehen«, sagte sie.

»Wieso das?«, fragte Aquiles.

»Sie haben zu lange in die schwarze Sonne geschaut«, sagte sie.

»Die schwarze Sonne?«

»Die Sonnenfinsternis«, sagte ich.

»Ach, dann ist das natürlich klar«, sagte Aquiles und gab dem Mädchen eine Adresse in der Avenida Kennedy, einem Ort, wo es haufenweise Pensionen und billige Hotels gibt. »Denk dran und sag der Besitzerin, dass du von Aquiles kommst«, sagte er zum Abschied.

Editorische Notiz

Um die im vorliegenden Band enthaltenen Texte ausfindig zu machen und ihren jeweiligen Entstehungszeitpunkt zu bestimmen, wurden die gesamten Beständen des Bolaño-Archivs gesichtet, das in der Privatwohnung des Autors aufbewahrt wird. Es umfasst einzelne Seiten und Hefte mit handschriftlichen Einträgen, Zeitungsausschnitte und Zeitschriften sowie – im Fall seiner späten Werke – Computerdateien.

COWBOYGRÄBER

Der vollständige Text dieser Erzählung befand sich in einer Datei mit dem Namen *VAKEROS.doc* [COWBOYS.doc] auf der Festplatte von Roberto Bolaños PC. Des Weiteren existiert davon eine Sicherungskopie, die der Autor unter dem Titel *Sepulcros de vaqueros* [Cowboygräber] auf einer 3½-Zoll-Diskette gespeichert hatte.

Weiteres Material zu der Geschichte stammt aus zwei im Archiv aufbewahrten Ordnern: *Ordner 9/33* enthält eine grüne Mappe im DIN-A4-Format mit dem handschriftlichen Titel *Arturo, Sepulcros de vaqueros. Te daré diez besos y luego diez más* [Arturo, Cowboygräber. Ich werde dich zehnmal küssen und dann noch zehnmal mehr]. Darin befinden sich neben diversen Materialien auch handschriftliche Notizen zum Text »Cowboygräber« auf sechs in der Mitte gefalteten Einzelblättern, mit durchnummerierten Kapiteln; der Inhalt von *Ordner 2/12* wiederum umfasst Aufzeichnungen zu verschiedenen Werken, darunter *Die wilden Detektive*. Zwei davon beziehen sich auf »Cowboygräber«: Die erste ist eine Aufstellung der bereits geschriebenen Seiten von *Die wilden Detektive, Telefongespräche, Die Naziliteratur in Amerika, Stern in der Ferne* und der Erzählung »Cowboygräber«; die andere enthält Notizen für das erste Kapitel.

Die Niederschrift lässt sich somit auf die Zeit zwischen 1995, als Roberto Bolaño anfing, auf dem PC zu schreiben, und 1998 datieren, aus dem die handschriftlichen Seiten stammen, die sowohl *Die wilden Detektive* als auch »Cowboygräber« betreffen.

VATERLAND

Das Material für diese Erzählung befindet sich in drei Ordnern: Der *Ordner 4/17* enthält neben anderen Texten des Autors und einem Zeitungsausschnitt aus dem Jahr 1993 einige handschriftliche Notizen und eine Gliederung der Geschichte; im *Ordner 30/171* befindet sich ein von Hand geschriebener Entwurf auf einer Reihe loser Blätter aus einem karierten DIN-A4-Heft; *Ordner 34/5* schließlich enthält eine spätere, 62 Seiten lange Fassung, getippt auf der elektrischen Schreibmaschine, die Roberto Bolaño zwischen 1992 und 1995 verwendete.

Bei der Eingrenzung der Entstehungszeit helfen uns die – fraglos aus derselben Zeit stammende – Zeitungsnotiz von 1993, die zusammen mit den Aufzeichnungen und der Gliederung im erstgenannten Ordner verwahrt ist, sowie der Umstand, dass die ausführliche Fassung auf der elektrischen Schreibmaschine geschrieben wurde. »Vaterland« wird daher zwischen 1993 und 1995 entstanden sein.

KOMÖDIE VOM SCHRECKEN VON FRANKREICH*

Der vollständige Text dieser Erzählung entstammt einer Datei mit dem Titel *FRANCIA.doc* auf der Festplatte von Roberto Bolaños PC. Eine Sicherungskopie der Datei befand sich auf einer 3½-Zoll-Diskette unter dem Namen *Arch: Francia, Comedia del horror de Francia.*

Im Archiv selbst findet sich eine einzige handschriftliche Notiz Bolaños zu diesem Text, notiert auf dem Umschlag eines am 11. April 2002 abgestempelten Briefs an den Autor. Der Umschlag liegt im *Ordner 31/209.*

Der Stempelaufdruck und die Widmung des Textes an Bolaños Kinder, Alexandra und Lautaro, in den erwähnten Dateien erlauben eine Datierung der Geschichte auf den Zeitraum zwischen 2002 und dem Todestag Roberto Bolaños im Juli 2003.

Carolina López Hernández

* Anmerkung des Übersetzers: Der Titel »Comedia del horror de Francia« bleibt rätselhaft. Es mag eine Parallele zu folgender Passage aus *Die wilden Detektive* geben: »Bis mich eines Tages der ganze Schrecken von Paris überwältigte, der ganze Horror der französischen Sprache, der jungen französischen Lyrik …« (In: Bolaño, Roberto. 2002. *Die wilden Detektive.* Aus dem Spanischen von Heinrich von Berenberg. München Wien: Carl Hanser Verlag. S. 259). Ebenso könnte man an eine Genrebezeichnung denken – die Erzählung als »Horrorkomödie«.

Nachwort:
Der 11. September des Roberto Bolaño

Von Heinrich v. Berenberg

Für Margit und Bruno

Mit wenig hat sich der 1953 in Chile geborene und 2003 in Barcelona verstorbene Roberto Bolaño so intensiv beschäftigt wie mit den Vexierbildern der eigenen Biographie. Zwar sind seine Lebensdaten gesichert, aber über viele Zäsuren existieren verschiedene Versionen, für die er zumeist selbst gesorgt hat. Die in diesem Buch versammelten drei Prosastücke sind Beiträge zu dieser Spurenverwischung. Sowohl in der Erzählung mit dem Titel »Vaterland« wie auch in dem autobiographischen Text »Cowboygräber«, geschrieben in den neunziger Jahren, geht es im Wesentlichen um die Erfahrungen des Autors als junger Mann vor, während und nach dem chilenischen Militärputsch vom 11. September 1973. Damit aber enden schon die Gemeinsamkeiten. Erzählt werden auch topographisch ganz verschiedene Versionen von diesem Ereignis, bei dem Bolaño, das wiederum ist verbürgt, nicht nur zugegen war. Er kam mit knapper Not davon. »Komödie vom Schrecken von Frankreich«, das dritte der hier versammelten Stücke, entstand zwischen 2002 und 2003. Ob der junge, vom Surrealismus begeisterte Ich-Erzähler darin mit dem jungen Bolaño in den beiden anderen Texten identisch ist? Wer weiß? Wer also war dieser Roberto Bolaño? Und worüber hat er wirklich geschrieben?

1.

Mitte der neunziger Jahre des vorigen Jahrhunderts schickte mir eine befreundete Kollegin das Buch eines unbekannten chilenischen Autors und bat mich um meine Meinung. Sollte es mir gefallen, könnte ich es auch übersetzen. Ich las den Klappentext, in dem vor allem von jungen Dichtern die Rede war, die in Schreibwerkstätten beschäftigt gewesen seien, als der chilenische Putsch über sie hereinbrach. Allerdings ging es in diesem Roman offenbar weniger um Zeitgeschichte als um die Selbstbespiegelung angehender Jungschriftsteller. Ich fand das uninteressant und gab der Kollegin das Buch zurück.

Ein halbes Jahr später sprach mich Jorge Herralde an. In seinem Verlag Anagrama in Barcelona, dem wichtigsten spanischsprachigen Autorenverlag der Nach-Franco-Ära, war das Buch erschienen, und er sagte, ich hätte da etwas falsch verstanden. Herralde war damals längst eine der singulären Gestalten im internationalen Verlagsgeschäft, und er gab mir das Buch ein weiteres Mal. Gehorsam las ich einige Seiten, auf denen tatsächlich jugendliche Schriftsteller in Schreibwerkstätten auftauchten, und immer noch wollte mir das alles nicht einleuchten. Mein Vorurteil muss wirklich ziemlich eisern gewesen sein. Auf der vorderen Umschlagklappe blickte der Autor mit Namen Roberto Bolaño den Betrachter von einem ziemlich coolen Foto mit einer Mischung aus misstrauischer Neugier und leiser Verachtung an. Darunter stand, was er sonst noch geschrieben hatte: einen Roman mit dem Titel *La Literatura Nazi en America*. Wie man über ein solches Thema einen Roman schreiben konnte, das interessierte mich dann doch. Ich hatte zu jener Zeit angefangen, für einen Münchener Verlag nach Büchern und Autoren zu suchen, ließ mir das Buch kommen, las es während einer Zugfahrt von München nach Berlin, eilte nach dem Aussteigen in eine Telefonzelle und bat Antje Kunstmann, die Verlegerin aus München, alles von diesem Autor zu kaufen, was es gab. Und das Buch, das ich gerade gelesen hätte, wolle ich auch gleich übersetzen.

Die Geschichte muss hier erzählt werden, denn ohne sie wäre ich einem Autor nicht begegnet, weder in seinen Büchern noch persönlich, den kennengelernt und übersetzt zu haben zu den Glücksfällen meines Lebens gehört. Der Verdacht allerdings, der sich bei meiner Lektüre des Klappentextes zu dem Roman *Estrella distante* gemeldet hatte – er erschien unter dem Titel *Stern in der Ferne* in der Übersetzung von Christian Hansen 2000 als zweites Buch von Bolaño auf Deutsch –, dieser Verdacht erwies sich als durchaus begründet. Von nichts nämlich ist in Bolaños Büchern so häufig und ausführlich die Rede wie von Literatur und den mit ihrer Verbreitung und Propagierung beschäftigten meist jungen Menschen. In einigen seiner Romane und Erzählungen sind das er selbst und ein Freund, mit dem zusammen er in den siebziger Jahren in Mexiko eine radikale literarische Avantgarde-Gruppe gegründet hatte, um zu bekämpfen, was er für schlechte Literatur hielt – also praktisch alles, bis auf eine Handvoll, dem großen Publikum meist unbekannter spanischer, lateinamerikanischer, französischer und US-amerikanischer Lyriker. Ständig wird in Bolaños Büchern gelesen, sogar unter der Dusche, werden Autoren beschimpft, in den Himmel gehoben, gegeneinander abgewogen. Freilich ist für Bolaño die Literatur kein erbauliches Terrain, auf dem man Noten verteilen kann, je nach Gefallen, auf dem sich plaudern lässt über gute oder schlechte Eigenschaften. Literatur ist für diesen Autor eine Frage auf Leben und Tod.

2.

Einer verbreiteten Ansicht zufolge schreiben große Schriftsteller immer über ein und dasselbe Thema. Bei Bolaño scheint der Fall ganz klar. Es gibt kaum ein Werk von ihm, in dem nicht die Literatur, das Schreiben oder die Schriftsteller, bei Bolaño Dichter im emphatischen Sinne, wenn nicht die Hauptrolle, so doch zumindest eine tragende Nebenrolle spielen. *Die Naziliteratur in Amerika,* sein erstes 1999 auf Deutsch erschienenes Buch, besteht aus lauter erfundenen, teils monströsen Lebensläufen rechtsradikaler Lateinamerikaner, Mittelamerikaner und Nordamerikaner. Aber es sind alles Dichter, der Literatur ebenso bedingungslos ergeben wie ihren rassistischen, kriegerischen oder schlichtweg kriminellen Gewaltfantasien. Die ungeheuerliche und mitunter sehr komische Phalanx dieser Poeten gipfelt in der Erzählung vom Luftwaffenhauptmann Ramirez Hoffman, einem Folterer und Ästheten, der mit einer Messerschmitt-Maschine aus dem Zweiten Weltkrieg über den Straflagern der chilenischen Militärjunta um 1973 mit Kondensstreifen Gedichte in den Himmel schreibt. Eine Konstellation, von der Bolaño so fasziniert war, dass er sie zum Thema seines nächsten Romans machte: *Stern in der Ferne,* genau der, welcher mich ursprünglich so wenig interessiert hatte.

Als Nächstes schrieb Bolaño den großen Roman *Die wilden Detektive,* zusammen mit dem nachgelassenen *2666* sein vielleicht bedeutendstes Werk. Wovon handelt es? Zwei junge Männer scharen in der mexikanischen Hauptstadt der siebziger Jahre eine bunte Gruppe gleichgesinnter Avantgardedichter um sich und begeben sich, begleitet von einer Prostituierten und gejagt von deren Zuhälter, auf die Suche nach einer vermeintlichen Dichterin, von der bis zum Schluss unklar bleibt, ob sie tatsächlich existiert. Hinter den Protagonisten, Arturo Belano und Ulises Lima, verbergen sich Bolaño und sein in den neunziger Jahren tödlich verunglückter Freund Mario Santiago. Der darauffolgende Roman, *Amuleto*, war erneut eine verlängerte Episode aus dem großen Vorgänger: Eine Frau, die sich als die »Mutter aller lateinamerikanischen Dichter« bezeichnet, wird 1968 auf einer Toilette in der Universität von Mexiko davon überrascht, dass die Armee den Campus besetzt. Sie bleibt sitzen und erzählt für die Dauer des Romans ihre Geschichte und die zweier Freunde, bei denen es sich wiederum um Belano und Lima, die beiden Hauptfiguren aus den *Wilden Detektiven* handelt.

In *Chilenisches Nachtstück*, Bolaños vorletztem zu Lebzeiten erschienenen Roman, fehlen direkte autobiographische Bezüge. Der Roman besteht aus dem Monolog eines jesuitischen Geistlichen und zugleich prominenten Literaturkritikers zur Zeit der beginnenden chilenischen Militärdiktatur, den die politische Realität einholt. Er lässt sich nicht nur darauf ein, mit Nachhilfestunden in Marxismus der Militärjunta um General Pinochet zu helfen, den politischen Feind besser zu verstehen. Am Ende zeigt Bolaño in einer seiner finstersten Inszenierungen, wie Literatur schuldig wird: Sein Protagonist verirrt sich in der Villa einer ehrgeizigen, mit einem US-Amerikaner verheirateten Dichterin, wo Chiles literarische Elite rauschende Partys feiern darf, auf der Suche nach einer Toilette in den Keller und entdeckt, dass hier der Hausherr Regimegegner foltern lässt, während oben gefeiert wird.

Das sind keine erbaulichen Themen. Und auch das nachgelassene Hauptwerk *2666* kennt in dieser Hinsicht kein Pardon: Der riesige Roman verbindet die scheinbar harmlos idealistische Suche von vier Literaten, hier sind es bereits gestandene Wissenschaftler, nach einem wiederum verschollenen, natürlich vollkommen unbekannten deutschen Schriftsteller namens Benno von Archimboldi, alias Hans

Reiter, mit einem Ausflug in die Schlachten des Zweiten Weltkriegs. In diesem Roman findet sich zudem das berühmt gewordene Kapitel über die ungeheuerliche Serie der seit den neunziger Jahren nicht enden wollenden Frauenmorde im nordmexikanischen Ciudad Juárez – bei Bolaño heißt die Stadt Santa Teresa. Und die Gewalt beschränkt sich nicht auf die geschilderten Ereignisse. Niemand ist vor ihrer Versuchung gefeit: Irgendwann landen die vier Wissenschaftler auf ihrer Suche nach dem Phantom Arcimboldi in einem Taxi in London, dessen Fahrer sie, nach einem eskalierenden Wortwechsel, aus seinem Auto zerren, zusammenschlagen und halbtot neben seinem Fahrzeug liegen lassen. Dichtung und Literatur sind alles andere als unschuldige Kategorien.

3.

In den vorliegenden Erzählungen aus Bolaños Nachlass begegnet man dem Autor als jugendlichem Held, gewissermaßen noch im Stande der Unschuld. Mit dieser Unschuld allerdings ist es auch hier nicht weit her. Denn die Lektüre führt mitten ins Geschehen um den Militärputsch vom 11. September 1973. Bolaño hat in seinen Büchern über viele andere Dinge geschrieben. Doch auf diesen 11. September kam er immer wieder zurück.

Von dieser Nacht bieten die autobiographischen Texte mit den Titeln »Vaterland« und »Cowboygräber« unterschiedliche Versionen. Es ist nicht einmal klar, ob Roberto Bolaño erzählt oder aber jemand anderes, ein Eindruck, der sich auch bei der Lektüre des dritten Teils dieser Sammlung, »Komödie vom Schrecken von Frankreich«, einstellt. Dieser Text spielt in Französisch-Guyana, einem Teil Lateinamerikas, den Bolaño meines Wissens nie betreten hat. Zwar trägt der junge Mensch, der sich in einem nächtlichen Telefongespräch als bedingungsloser Anhänger des Surrealismus bekennt, die Züge jenes jugendlichen Toren, der zu Beginn von »Vaterland« in der Nacht des 11. September auf einen Schemel steigt und ein Gedicht von Nicanor Parra vorträgt, während um ihn herum die Zuhörer unter dem Eindruck der ersten Nachrichten vom Putsch in Panik auseinanderlaufen. Aber ist das wirklich Bolaño?

Verlässlicher wirkt die Version in den »Cowboygräbern«: Der erste Teil, »Der Flughafen«, erzählt von den Versuchen der Familie Bolaño, 1968 von Chile nach Mexiko zu reisen. »Der Wurm« ist die Prosaversion eines Gedichts aus der Lyriksammlung *Die romantischen Hunde*, die Geschichte eines Clochards, den der junge Bolaño in Mexikos Hauptstadt kennenlernte. Ein Text voller raunender Anspielungen auf den mexikanischen Norden und die künftigen Schauplätze von *2666*. Dann geht es zurück nach Chile: »Die Reise« schildert eine Etappe von Bolaños Reise in die Heimat, im Sommer 1973. Sie enthält eine der witzigsten und boshaftesten Science-Fiction-Satiren, die er über die USA geschrieben hat. Das letzte Stück mit dem Titel »Der Putsch« schildert die Putschnacht, in deren Verlauf der jugendliche Bolaño – hier wie auch zuvor schon in der Person seines literarischen Alter Egos Arturo Belano – bei einer sozialistischen Aktivistenzelle landet und dort zum Zeugen der hilflos konspirativen Reaktionen im Moment ihres wahrscheinlich auch physischen Verschwindens wird. Aber war es so wie hier geschildert? Ist dies die Quintessenz dessen, was der Autor über jenen Putsch zu sagen hatte, der als 11. September der Lateinamerikaner zu einem traumatischen Datum für den ganzen Kontinent wurde?

In seiner Dankesrede anlässlich der Verleihung des Premio Rómulo Gallegos für *Die wilden Detektive* erklärte Roberto Bolaño 1999, sein gesamtes Werk sei ein Liebesbrief an seine Generation.

Gemeint sind damit jene Lateinamerikaner, die in den sechziger und siebziger Jahren einen bitteren Opfergang antraten. Geleitet vom Vorbild der von Fidel Castro und der Revolutionsikone Che Guevara angeführten kubanischen Revolution, nahmen sie den Kampf auf gegen die bis heute unverändert herrschende soziale Ungerechtigkeit in Lateinamerika, gegen ungerechte Landverteilung, gegen die Parteien genannten Korruptionsverbände der Bourgeoisie, gegen die Macht der Großgrundbesitzer-Familien. Sie wehrten sich gegen die mit diesen Verhältnissen einhergehende Armut, gegen die allgegenwärtige Präsenz der USA, die in Lateinamerika ihren wirtschaftlichen und politischen Interessen gemäß nach Belieben schalten und walten konnten, und gegen deren verlängerten Arm: die Armeen. Es ist bekannt, wie dieser Kampf ausging: zwischen 1964 und dem Ende der achtziger Jahre übernahmen in Brasilien, Uruguay, Argentinien, Chile, Bolivien, Guatemala, Honduras und El Salvador Militärregime das Kommando, in deren Folterkammern Tausende junger Menschen verschwanden.

Bolaño hat ihnen in seinen Romanen durchaus ein Denkmal gesetzt. Aber es ist kein Heldenmonument. Das emphatischste Bild in dieser Hinsicht ist das Schlusstableau im Roman *Amuleto*. Am Ende hat die Protagonistin einen Traum, eine Vision, in der die Jugend Lateinamerikas als heroischer Zug auf einen Abgrund zuläuft, der sie verschlingen wird. Ein tief pessimistisches Bild, in dem auch zum ersten Mal im Zusammenhang mit einem Friedhof der Zukunft die Chiffre 2666 auftaucht.

Den politischen Kämpfen seiner Generation begegnete Bolaño mit Sympathie, aber auch mit Ambivalenz. Die damit verbundene spezifisch lateinamerikanisch antifaschistische Folklore, inkarniert in ponchobekleideten Latinos, die in den achtziger Jahren vor Europas Kaufhäusern ihre Lieder sangen, lehnte er ab, ja, er verspottete sie sogar. Dem Bild des traurigen Lateinamerikaners, der im kalten Exil seiner verlorenen Heimat nachtrauert, hat er in einem lesenswerten Essay, »Exile«, über die lebensrettende Gnade des Exils entschieden widersprochen. Am prägnantesten zeigt sich seine Distanz aber in dem Begriff der *Guerras floridas*, der Blumenkriege, den Bolaño wiederholt im Zusammenhang mit den politischen Kämpfen seiner Generation fallenlässt. Damit verbindet sich ein eigenartiges Stück präkolumbianischer Geschichte. Jedes Jahr wurden im Reich der Azteken mit üppigem Blumenschmuck ausstaffierte Ritualkriege ausgetragen, die der Unterdrückung der tributpflichtigen Völker ebenso dienten wie der Beschaffung von Gefangenen zum Zweck ihrer Opferung. Als Rituale mit tödlichem Ausgang betrachtete Bolaño auch die politischen Kämpfe, in denen sich Lateinamerikas Jugend in den sechziger und siebziger Jahren opferte.

4.

Dass er dennoch ein Vorbild wurde, dem die jungen Schriftsteller seiner Generation folgten und den sie wenige Wochen vor seinem Tod auf einem Kongress in Sevilla zum bedeutendsten lebenden Schriftsteller ihres Kontinents kürten, liegt an Bolaños radikal unbürgerlichem Gestus, der kompromisslosen Freiheit und Unerschrockenheit, die seine Texte atmen, auch noch die finstersten. Es ist vor allem eine Freiheit von jeglichen moralischen oder politischen Vorgaben. Darin ist Bolaño ein radikaler Individualist. Der einzige Kanon, der seine Welt vereinigt, ist die Literatur.

Darin allerdings ist er bisweilen sehr weit gegangen, denn zu diesem Universum gehören auch die vermeintlichen Bewohner der politischen Finsternis. *Die Naziliteratur in Amerika*, vordergründig ein virtuos burleskes Tableau ausgedachter Figuren in allen schillernd rechtsradikalen Verkleidungen, vereint ihre oft am Rande des Wahnsinns lebenden Figuren unter dem Signum der Literatur, der Dichtung, der sie ausnahmslos mit einem Ernst nachgehen, der dem der Marihuana rauchenden, fröhlichen, sex- und literaturbegeisterten Avantgardisten aus den *Wilden Detektiven* und vielen von Bolaños Erzählungen in nichts nachsteht. Freilich mit anderen Ergebnissen. Am Ende steht der Sadist und Ästhet Ramirez Hoffmann, alias Carlos Wieder, wie er in *Stern in der Ferne* heißt, mit einem »Hauptwerk«, das er am Steuer eines alten Nazi-Flugzeugs in den Himmel über den mit Regimegegnern gefüllten chilenischen Straflagern malt. Übrigens zitiert Bolaño hier das spektakuläre Kunstprojekt eines chilenischen Kollegen, *Anteparaiso*: 1982 schrieb der Lyriker Raúl Zurita mithilfe eines Flugzeugs Gedichtzeilen in den Himmel über Manhattan. Wie sehr Bolaño von diesem Motiv beeindruckt blieb, kann man in den in diesem Band gesammelten Texten, in den Kapiteln »Messerschmitt« und »Das Juwel der Luftwaffe«, nachlesen.

Man hat Bolaño wiederholt verdächtigt, nicht nur Figuren aus der rechten Ecke in seinen Werken auftreten zu lassen, sondern auch mit ihnen zu sympathisieren. In *Chilenisches Nachtstück* hat Ernst Jünger, von dem Bolaño zweifellos fasziniert war, einen Auftritt. In *2666* ist der letzte Teil des Romans der Anabasis des phantomartigen Helden Hans Reiter alias Benno von Archimboldi in den Wirren des Zweiten Weltkriegs gewidmet. Bolaños Faszination für die Deutschen und ihre Geschichte im zwanzigsten Jahrhundert war ausgeprägt, obwohl er nicht ein einziges Wort Deutsch verstand, und er hat hier gewiss eine Menge Fährten gelegt.

Dennoch erscheint es mir verfehlt, dieses Spiel mit dem uferlosen Gewaltrepertoire in der Geschichte des zwanzigsten Jahrhunderts mit ideologischer Anziehung oder gar Sympathien irgendwelcher

Art zu verwechseln. Bolaño war fasziniert von der Gewalt und davon, dass ihr niemand entkommt, sei es in der Wirklichkeit oder aber in der Fantasie. Er benutzt sie immer wieder auch als ein Mittel der Stilisierung, und immer wieder, ein auffälliger Zug, geht sie ins Leere. Die Handlung seines letzten zu Lebzeiten veröffentlichten Romans *Lumpenroman* mündet in den schwarzen Schlund eines vermeintlich verbrecherischen Ungeheuers, von dem aber niemals klar wird, ob es existiert und ob es überhaupt gewalttätig ist. Die Leser von *Amuleto* werden sich an den Gangsterkönig erinnern, dem Arturo Belano in den Eingeweiden von Mexikos Hauptstadt gegenübertritt – ohne dass ihm je ein Haar gekrümmt würde. Die Erzählung »El Ojo Silva« enthält eine von Bolaños kompliziertesten und wüstesten Gewaltinszenierungen. Es ist aber am Ende, wie so oft bei diesem Autor, nicht klar, was Fantasie, was Vision, was Realität ist. Auch der nachgelassene Roman *Das Dritte Reich* verlegt die Gewalt, die wie eine schwarze Wolke über dem Geschehen schwebt, auf das Spielbrett von Udo Berger und seinen Kriegsspielfreaks. Bleibt Carlos Wieder, alias Carlos Ramirez Hoffmann, der seinen Sadismus tatsächlich auslebt und dafür vom Ich-Erzähler gejagt und zur Strecke gebracht wird. Die meisten anderen Gewaltfantasien in Bolaños Romanen enden in der charakteristischen Pointenlosigkeit, die ein Erkennungsmerkmal dieses Autors ist. Dass in *2666* ein deutscher Reitergeneral, der im letzten Teil des Romans durch den winterlichen Russlandfeldzug irrlichtert – auf der Suche nicht nach einem Dichter, sondern nach Feindberührung –, meinen Namen trägt, empfinde ich nicht nur dankbar als ein Zeichen unserer Freundschaft. Es ist auch ein ironisch gewendeter Hinweis, dass dieser Autor, ansonsten einer der ernsthaftesten, die ich kennenlernte, zwar gerne immer wieder mal der Gorgo tief in die Augen blickte, sich aber nie von dem, was er dort sah, mitreißen ließ, um seine Leser zu überwältigen.

Ich selbst übrigens habe Roberto, trotz der wilden Legenden, die vor allem über seine frühen Jahre kursierten und die er mit Hingabe befeuerte, als einen überaus vorsichtigen Menschen kennengelernt, der gegenüber Freunden von großer zugewandter Herzlichkeit sein konnte. Er kam mehrere Male zu Besuch nach Berlin. Deutsch konnte er nicht, aber er liebte die sanft gewalttätige, guttural unterlegte Sprachmelodie. Die damals in ganz Europa populäre Fernsehshow *Big Brother*, die er schon aus Spanien kannte, genoss er auch vor unserem Fernseher. Er verstand kein Wort – und doch alles. Als ich ihm bei einem Spaziergang erzählte, es sei mein Wunsch, einmal die mexikanische Hauptstadt zu besuchen, blieb er stehen, sah mich besorgt an und meinte: »*Serías un blanco predilecto.*« Im Spanischen kann *blanco* ein Weißer sein, aber auch das Ziel eines Scharfschützen. Sieben Jahre nach seinem Tod besuchte ich Mexiko-Stadt, auch die Calle Condesa im Stadtteil Roma, wo einige der schönsten, witzigsten und friedlichsten Seiten seiner *Wilden Detektive* spielen.

5.

Von seiner Kanonisierung als Bannerträger der neueren lateinamerikanischen Literatur hielt Bolaño nicht viel. Es gibt kaum einen Schriftsteller, der so konsequent dem Rat von Groucho Marx gefolgt ist, dem zufolge man nie in den Club eintreten solle, der einen als Mitglied haben will. Und doch gilt auch hier wieder das Gegenteil: Immerhin hat er sich als Arturo Belano zusammen mit seinem Freund Mario Santiago nicht nur zum Chef eines verschworenen Clubs avantgardistischer Dichter aufgeschwungen, er hat in dieser Eigenschaft auch darüber befunden, was richtige und was falsche Literatur sei. Was aber ist darunter zu verstehen?

Eine der sympathischsten und tragikomischsten Figuren im unerschöpflichen Figurenreigen der *Wilden Detektiven* ist der Architekt Quim Font, der, als Herr des Hauses in der Calle Condesa, der Gruppe um Belano und Lima nicht nur seine Töchter Maria und Angélica überlässt, sondern dem Belano und Lima auch das Auto klauen, mit dem sie in den mexikanischen Norden fahren, auf der Suche nach der verschollenen Dichterin Cesárea Tinajero. Quim Font landet unterdessen in der Psychiatrie. Und während er dort über sein Los nachdenkt, spricht er auch über die Literatur und den literarischen Geschmack der beiden jungen Leute, die ihm so übel mitgespielt haben: Literatur, so sagt Quim Font, sei doch eigentlich etwas Schönes und Tröstliches, während die Literatur, der diese jungen Leute nachhingen, eine »Literatur der Verzweifelten« sei, eine, wie er sagt, bei deren Ausübung »der Verstand in machtvollen, eisigen Sturzbächen den Kopf« verlasse.

Im Roman hat Quim Font zweifellos recht. Was die jugendlichen Helden Belano und Lima in den siebziger Jahren fordern, ist eine Literatur nach der Art, die später etwa der von Bolaño geschätzte Argentinier Osvaldo Lamborghini und die durch Selbstmord umgekommene argentinische Lyrikerin Alejandra Pizarnik schrieben: Literatur wie ein Schrei, auch ein Schrei der Verzweiflung. Sicher war der große Freund seiner frühen Jahre, Mario Santiago, der Ende der neunziger Jahre bei einem Unfall ums Leben kam, einer, der diese Art radikale Literatur, von der Quim Font spricht, für die einzig wahre und gültige hielt. Bolaño selbst aber schöpfte, zum Glück für seine Leser, noch aus anderen Quellen. Ein Verzweifelter war dieser Chilene nicht. Dazu war ihm die Gegenwart, die gelebte und die geschilderte, nicht verlässlich genug, nicht auf eine Weise verbindlich, dass sich daraus ein Auftrag, ein Ideenkostüm, ein schriftstellerisches Konzept oder gar eine Moral ableiten ließe.

Kommen wir deshalb zum Schluss auf den Surrealismus zu sprechen. Diese ebenfalls in ihren Anfängen radikale, später ungeheuer vielschichtig gewordene Kunstbewegung ist es, die Bolaños frühe Romane inspirierte, und er ist ihr immer treu geblieben. *Monsieur Pain,* seine Mitte der neunziger Jahre nochmals veröffentlichte Hommage an den sterbenden peruanischen Dichter César Vallejo, ist ein perfekter surrealistischer Roman, den Louis Aragon, dessen *Pariser Landleben* Bolaño darin mehrmals zitiert, nicht besser hätte schreiben können. *Amuleto* ist voller Anspielungen auf die spanisch-mexikanische surrealistische Avantgarde. Und jene eigentümliche Pointenlosigkeit, mit der Bolaño seine Leser immer wieder am Ende zurücklässt – erinnert sie nicht an ein Lieblingsmotiv des von ihm geschätzten Luis Buñuel: der verbotene Zugang, für den es keine Begründung gibt? André Breton, der Chef der Surrealisten, verkündete einst, die wahre Aktion eines Surrealisten bestünde darin, auf die Straße zu gehen und in die Menge zu schießen. Es ist nicht bekannt, dass er oder ein anderer Surrealist jemals irgendjemandem ein Haar gekrümmt hätte. Auch Roberto Bolaño, den die Gewalt in seinem Werk so sehr beschäftigte, blieb friedlich. Für mich gibt es kaum ein schöneres Bild für das, was diesen großartigen Autor in seinem Leben so leidenschaftlich bewegte und worüber er sich gleichzeitig so amüsieren konnte, als jene Surrealistische Untergrundliga, für die der Ich-Erzähler in der Erzählung »Komödie vom Schrecken von Frankreich« in einem auf unerklärliche Weise zustande kommenden nächtlichen Gespräch in einer tropisch heißen Telefonzelle geworben wird und die, unter dem Kommando von André Breton, ihr bewegliches Hauptquartier in der Kanalisation von Paris aufgeschlagen hat.

Inhalt

Roberto Bolaño

Die Nöte des wahren Polizisten

Roman

Als Roberto Bolaño mit 50 Jahren starb, hinterließ er einen Schreibtisch voller Manuskripte, darunter auch »Die Nöte des wahren Polizisten«, den Roman, an dem er bis zuletzt schrieb. Humorvoll und mit Witz erzählt er die Geschichte eines Literaturprofessors, der wegen einer homosexuellen Affäre Barcelona verlassen muss und mit seiner Tochter nach Mexiko zurückkehrt, nach Santa Teresa, der abgelegenen Grenzstadt aus »2666«. Doch kann jemand, der sich so tief in das Labyrinth der Literatur verstrickt hat, es je verlassen?

»Es ist ein großes Buch, von erschreckender Wucht.«

Uwe Stolzmann, Deutschlandradio

Aus dem Spanischen
von Christian Hansen
272 Seiten, broschiert